Tutti giù per aria

完美小孩的
不完美世界

［意］罗塞拉·波斯托里诺　著

［意］亚历山德拉·西马托里布斯　绘

张皓舒　译

北方联合出版传媒(集团)股份有限公司

万卷出版有限责任公司

著作权合同登记号：06-2024 年第 25 号

图书在版编目（CIP）数据

完美小孩的不完美世界 /（意）罗塞拉·波斯托里诺
著；（意）亚历山德拉·西马托里布斯绘；张皓舒译.
沈阳：万卷出版有限责任公司，2024. 8. -- ISBN 978
-7-5470-6567-9

Ⅰ. I546.85

中国国家版本馆CIP数据核字第2024BT7820号

Copyright © 2019 Rosella Postorino
Illustration by Alessandra Cimatoribus
Published by arrangement with Adriano Salani Editore S.u.r.l

出 品 人：王维良
出版发行：北方联合出版传媒（集团）股份有限公司
　　　　　万卷出版有限责任公司
　　　　　（地址：沈阳市和平区十一纬路 29 号　邮编：110003）
印 刷 者：辽宁新华印务有限公司
经 销 者：全国新华书店
幅面尺寸：145mm×210mm
字　　数：100 千字
印　　张：6
出版时间：2024 年 8 月第 1 版
印刷时间：2024 年 8 月第 1 次印刷
责任编辑：王　越
责任校对：张　莹
装帧设计：李英辉
ISBN 978-7-5470-6567-9
定　　价：39.80 元
联系电话：024-23284090
传　　真：024-23284448

献给

基娅拉、达维德、卡米拉、

弗朗切斯科、拉凯莱、杜兰特和艾琳

第一章

蒂娜的笔记本总是工工整整，不见任何折痕，九九乘法表她记得滚瓜烂熟，倒背如流，吃饭时从不会把汤汁洒到身上弄脏衣服，打喷嚏会及时地捂住口鼻，不让唾沫星子干扰到他人。每次提笔作画，只要颜色涂出了边框，她都会立刻更换一张新纸，不厌其烦地从头再来。享用薯条她永远都从最细的那根开始，并把最脆的那根留到最后。这需要极其精密的计算，刚开始的时候要做到这一点非常困难，但在日复一日的练习中，蒂娜越发熟练，到了现在，只需一眼，她就能排好顺序，将盘里的饭菜一扫而光。就算是在食堂用餐，她也遵循着既定的节奏，从不磨蹭。

蒂娜做事滴水不漏，那些不擅长的事，她绝不轻易尝试。比方说，她从不讲笑话，每次有同学讲笑话，她都会和他们保持距离。她怕自己听不懂那

些笑话，怕自己在不该笑的时候大笑，在该笑的时候冷场。她怕自己在不合时宜的时间做出不合时宜的举动。

同学们不爱和蒂娜玩，大家都叫她完美小姐，而完美和有趣可不沾边。

日子平淡如水，有时又会骤起波澜。那天，蒂娜接受了同学们打排球的邀请。蒂娜从来不是组队的热门人选，整个三年级B班就数她个头儿最矮，每次轮到她发球，球都会撞网弹回，从无例外。于是她对外宣称她不喜欢排球，不喜欢出汗的感觉。大伙儿都信了她的话，就连她自己也接受了这套说辞。

但那天，或许是因为人数不够，同学们向她抛出了橄榄枝，而蒂娜也鬼使神差地答应了下来。他们刚询问她的意见，她便说道："好的，算我一个。"

终于，轮到了蒂娜发球。她低垂着头，走向场边，仿佛已经预见到失败的结局。她摆好姿势，默默为自己打气：集中精神，只要看着球就好，其他什么也别想。今天阳光明媚，真是个好天气。好了，屈腿，深呼吸，相信自己。

　　蒂娜左手将球抛起，同时抬起右臂，准备击球。阳光刺入眼睛，她使出全力，右手狠狠一击。球飞了出去，那么高，那么快，远远超出她的预料。球在空中划出一道优美的弧线，眨眼间便飞过了球网，飞过那些跳起来拦截的同学，飞过场边白色的石灰线，飞过操场，飞过围墙，最终消失不见。

　　球掉进了河里。

　　大伙儿愣在了原地，蒂娜的耳朵根燃烧起来。"对不起，"她说，"我去把球捞上来。"

　　"不用不用，算了，没关系。"同学们纷纷表示，像是怕她惹出更大的麻烦。

男生和女生分成了各自的小队，有的坐在台阶上唉声叹气，有的从兜里掏出了硬币，要是能凑够钱，就可以再买一个新的排球了。

蒂娜的手心沁出了汗水，她又一次说道："我去把球捞上来，你们在这儿等着我。"

河水并不深，可她从没有下过河。妈妈们一直在他们耳旁念叨，无论何时都不准靠近河边。蒂娜一直乖乖听话，直到今天——

她走下石阶，排球正在水上快乐地溜达：只要下河游过去，就能把它捡回来。同学们在一旁好奇地观望，蒂娜脱掉鞋子，踏进了水里。

河水温热宜人。就算是大晴天，晚餐前衣服也干不了。妈妈肯定会大发雷霆。

蒂娜蹬着双腿，她的蛙泳姿势无可挑剔——她学过游泳，早就掌握了所有的技巧——球越来越近，却又一直在她能够触碰到的距离之外。蒂娜打起精神，继续向前游去，球就像条滑溜溜的泥鳅，和她玩起了你进我退的游戏。在同学们钦佩的目光

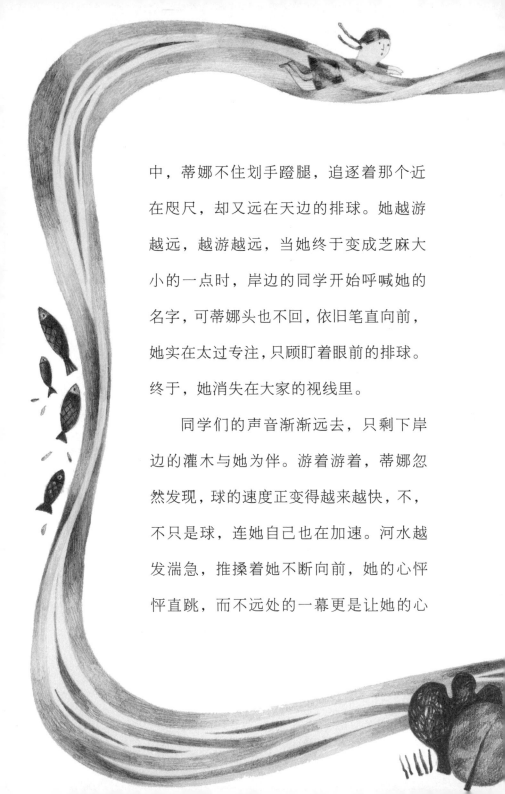

中，蒂娜不住划手蹬腿，追逐着那个近在咫尺，却又远在天边的排球。她越游越远，越游越远，当她终于变成芝麻大小的一点时，岸边的同学开始呼喊她的名字，可蒂娜头也不回，依旧笔直向前，她实在太过专注，只顾盯着眼前的排球。终于，她消失在大家的视线里。

同学们的声音渐渐远去，只剩下岸边的灌木与她为伴。游着游着，蒂娜忽然发现，球的速度正变得越来越快，不，不只是球，连她自己也在加速。河水越发湍急，推搡着她不断向前，她的心怦怦直跳，而不远处的一幕更是让她的心

提到了嗓子眼儿：前方的河水就像是被拦腰斩断，只剩一片孤零零的天空。蒂娜挣扎着想要停下，可她哪是这股急流的对手，排球"嗖"地蹿了出去，顷刻间便没了踪影。等待蒂娜的也是同样的命运，她紧闭着双眼，被水流推向高空，瀑布发出轰隆隆的吼声，吞没了她惊恐的尖叫。

蒂娜玩过许多滑梯，就算是最高最陡的那个，也从未像这样让她心惊肉跳，她的五脏六腑似乎都被甩出了胸膛，有那么一瞬间，她甚至觉得自己永远失去了它们。

蒂娜睁开眼睛，打量着四周。她落进了一个湖里，湖水刚好没过她的下巴。瀑布坠入湖

心，溅起层层水雾，不远处，排球正乘着水波，怡然自得地起起伏伏。河岸距离此处已经相当遥远，要想在晚餐前赶回家的话，她必须抓紧时间。蒂娜用力蹬腿，向前游去，终于捉住了那个调皮的排球。就在这时，一抹阴影掠过她的头顶，碧蓝的湖水霎时褪去了颜色。

蒂娜抬眼望去，原来是乌云遮住了太阳，真是祸不单行，暴风雨就要来了！不过她很快看清了乌云的真面目，那是一个正在缓缓降落的巨型气球。

"举起手来！"有人喊道。蒂娜下意识地瞅了瞅水面，想找到声音的主人。或许是某条生气的鱼儿，毕竟她不请自来地闯进了它的家里。不过她很快又想起，水会吸收声音，正因为如此，鱼儿们才从不讲话，免得浪费有限的氧气。

"举起手来，小姑娘！"那个声音再度响起。

看来刚才并不是她的幻觉，的确有人在说话，可声音是从哪儿来的呢？

蒂娜仰起头，气球正向她逼近，它就像一个巨大的西瓜，红绿相间的条纹让人联想到马戏团的帐篷。不，不对，要是她没看错的话，那并不是普通的气球，而是一位倒悬在空中的女士。

蒂娜举起手，排球落回湖里，骨碌碌地溜了出去。那位女士越飞越近，她露出笑容，朝蒂娜伸出了双手："蒙戈飞纳热气球有限责任公司，别怕，现在你已经安全了。"

这位古怪的气球女士有一双碧绿的眼睛和一对高高的颧骨，留着干练的寸头，脸上干干净净，不见一丝妆容。当她抓住蒂娜的手腕时，蒂娜发现，她的双手柔软有力，手臂粗壮，肌肉饱满。慢慢地，她将蒂娜从水里拉了出来。蒂娜闭上眼睛，用鼻子深深吸气，之后屏住了呼吸。湖面越来越远，蒂娜脚下空荡荡的，她终于意识到自己飞了起来，就这么抓着一位头朝下的女士的手。这位肩宽体阔的女士兴许是位杂技演员，可她不是呀！她会摔下去的！这么想着，蒂娜湿漉漉的双手又沁出了汗水。这让她很难为情。每当她感到紧张的时候，手总会控制不住地流汗。

"夫人，我们正在飞。"

"显而易见。我每天都会像这样飞来飞去。"

"可我没飞过，夫人，我还没学过飞行呢。"

"不用学，你别乱动，我会带着你飞的。"

"夫人，我得回去，排球还在湖里，同学们等着用它打球呢。请您放我下去，我可以自己游到岸边，找一辆公交车回家。"

"小姑娘，我可是来救你的。这次的任务也圆满完成。"女士爆发出一阵爽朗的大笑，两人在空中摇晃起来。

蒂娜害怕地尖叫："夫人，请原谅，但这样真的安全吗？"

"知道你在和谁说话吗？我可是气球夫人吉安娜·巴鲁，这一带最好的飞行员。这儿的运输工作由我全权负责，迄今为止还没有人质疑过我的能力！"

"我并不是在质疑您，"蒂娜说，"只是我从没学过飞行。虽然我才八岁，但也明白，像这样在空中晃来晃去并不安全。"

"不管是接送孩子们上下学，还是载着游客环湖观光，全都由我一人包揽！"气球夫人根本没把蒂娜的解释听进耳中，"那些外地人特别喜欢热气球旅行，他们觉得这很浪漫。天知道我听了多少小情侣间的肉麻话。我都可以写一本情话大全了，情人节一定能大卖特卖。好多人写贺卡都会犯难，一到关键时刻，他们就没了灵感，一点儿也记不起坐热气球时他们曾经那么快乐。这世上哪有那么多不美满，问题都在于我们那健忘的脑袋。"

"我觉得……我觉得这是个很棒的主意，夫人。"蒂娜努力讨着这位气球夫人的欢心。她的衣服还在滴水，排球更是永远留在了湖里——见到她这副狼狈样，同学们肯定会狠狠取笑她一番——"您怎么还没动笔呢？"

"还不是因为工作太忙。我每天凌晨才下班，早上六点又得上班。我也有睡觉的权利、休息的权利，你说是不是？"气球夫人皱起眉头，下意识地缩了缩手。以为自己就要掉下去的蒂娜，又发出了一声刺耳的尖叫。

"喂喂喂，别总这么一惊一乍。"

"对不起，夫人，我不是故意的。"

"我不是和你说过了吗？我叫吉安娜。你呢，你叫什么名字？"

"我叫蒂娜。拜托您，请送我回家。我湿透

了，这上面风好大，再这样下去，我会感冒的。我从不出汗（除了手，那是因为紧张），妈妈一直说，我不能剧烈运动，不能吹风受凉。今天我答应同学们一块儿打球，已经犯了错。我现在告诉您地址，您能送我回去吗？"

"我正带你去热风布雷佐利诺那儿，放心吧，我可不会让你着凉。我对孩子们的照顾细致有加，从不会出现任何意外，从不会让你们缺胳膊少腿儿。蒙戈飞纳热气球有限责任公司，可是深受家长信赖的好公司。"

"热风布雷佐利诺是谁？"

"还能是谁？当然是那位理发店的伙计。"

这时，一只小鸟落在热气球上，放开嗓门，唱起了歌儿。

蒂娜观察着它黑黝黝的羽毛和木头般光亮的小嘴。她看得那么入迷，甚至忘记了发抖。之前她可一直都在发抖，或许是因为那一阵阵凉风，又或许是因为恐惧。

"你好哇，小鸟，你也住在这儿吗？是不是飞累了，想停下来休息休息？"蒂娜微笑着问道。

鸟儿盯着她，张了张嘴，却没有发出任何声音。

"要是你飞累了，我们可以载你一程。对不对，夫人？"

鸟儿依旧盯着她，保持着张嘴的姿势，它似乎也和湖里的鱼儿一样，不想浪费宝贵的氧气。

"看来它不爱说话。"蒂娜说，"有时候我也这样。"

"别管它。蒙戈飞纳公司的乘客仅限人类，可不会运输动物。"气球夫人猛地转了个圈圈，在离心力的作用下，小鸟顿时失去了平衡。

小鸟显然有些发蒙，甚至忘记了扇动翅膀，就这么一头栽了下去，摔向下方正巧经过的鸟群。回过神儿后，它赶紧追上了自己的同伴，看来今天不是个做独行侠的好日子。

蒂娜望着脚下的风景，碧蓝的湖面已经远去，取而代之的是豆腐块似的土地，它们渐渐从深绿变为浅绿。一条条街道、一座座屋顶有如雨后春笋，

冒出了头来。风儿越发和煦，下方的车流也越发密集，有汽车、自行车，还有棕色的、金色的，甚至光秃秃的脑袋，那是骑着自行车的行人。一棵棵树沿着街道整齐排开，一扇扇窗户明亮干净，一只只小狗正在街上溜达闲逛。气球夫人吉安娜的眼皮耷拉下来，似乎随时可能沉入梦乡。她们即将落地，沥青路面距离蒂娜湿漉漉的鞋子只有不到一米的距离，就在这时，蒂娜突然感到一阵恶心。

"嗨，下面的，快让开！"吉安娜吼道。

人群四散开去，在商业街上腾出一片空地。蒂娜的鞋底轻轻踩上地面，吉安娜松开了手。

"我们到了。"

蒂娜终于松了口气。她的两条腿依旧好端端地长在身上，并没有弄丢。脚踏实地的感觉可真好。

"下午好啊，吉安娜。"行人们和气球夫人打着招呼。作为回答，吉安娜要么点点下巴，要么露出一抹微笑。她从衣袖里扯出一张手帕，擦拭起了额头。真奇怪，她竟然把手帕放在那种地方，或许是因为她那红绿相间的紧身裤没有口袋。

"别杵在这儿，走吧。"吉安娜催促道，率先迈开了脚步。

蒂娜跟在她身后，观察着她的背影。

气球夫人有着宽阔的后背和纤细的腰肢，曼妙的腰部线条向下延伸，膨胀外扩，变成了圆滚滚的臀部——一个巨大的、宛若热气球的臀部。在它的衬托下，吉安娜的双腿就像两根细细的竹签，它们不堪重负，被压得向外弯曲，好似一个括弧。而这大大减缓了吉安娜前进的速度，她只能迈着小碎步，一摇一摆地向前挪动。

蒂娜从没见过这么大的臀部。她不由得想起了班上男生取笑露琪亚的话："你的屁股真像个热气球。"他们把这叫作"屁股"，而不是"臀部"，

真是一群粗鲁无礼的家伙。

不过，露琪亚的臀部和吉安娜的比起来可真是小巫见大巫。要是这位肌肉发达的气球夫人出现在那帮坏小子面前，他们肯定会吓得脸色惨白，不敢吱声儿。

第二章

店外的招牌上写着几个大字"儿童理发店，不分男女"，下面附了一行小字"你的脑袋就是用来消耗香波的"。

吉安娜费力地扭动臀部，推开玻璃门，走了进去。而蒂娜依旧站在门外，反复读着这块古怪的招牌。

察觉到蒂娜没有跟上，吉安娜很快折返了回来。

"愣着干什么，赶紧进来，我可没法整天陪着你。今天是骄傲节，我还有好多事儿要做呢。拿着这个。"

门厅处摆放着一个盒子，吉安娜从里面取出两枚夹子，她把一枚夹在鼻尖儿，另一枚递给了蒂娜。蒂娜打量着手中的小玩意儿，迟迟没有将它戴上。

"那你用嘴巴呼吸好了，反正布雷佐利诺动作很快。"

蒂娜简直不敢相信自己的眼睛。在此之前，她可从没见过什么儿童理发店。还有招牌上的那句话，她一点儿也不赞同。

就连三岁小孩都知道，脑袋才不止有那一种用处！脑袋还能用来学习算数和诗歌，当然，不是人人都有一副好记性，但就像老师们说的那样，能不能背下它们，取决于你是否肯下功夫。脑袋还能用来做梦，不论是晚上闭着眼，还是白天睁着眼，它还能用来解读那些梦，没错，这件事可马虎不得。脑袋还能用来表示赞同，虽然在蒂娜看来，一言不发，只是干巴巴地点头，并不怎么礼貌。

蒂娜一边想着——这不正是脑袋的另一种用处吗——一边跟在吉安娜身后。吉安娜红绿相间的臀部占据了她的整个视野，很快，她闻到了一股臭烘烘的味道。

"这是蒂娜，刚从湖里捞上来的，得帮她吹干衣服和头发。"吉安娜说道。

理发店里坐着许多小孩，有男孩，也有女孩，他们每个人的肩上都披着一条白围巾，有的正专心致志地看着连环画，有的在玩三子棋，但无一例外，都戴着鼻夹。当吉安娜扭身向大伙儿介绍蒂娜时，那只巨型气球猛地一晃，地板上的头发顿时被风吹得飞扬起来，吸引了店内所有人的目光。

蒂娜礼貌地向大家问好，一位干干瘦瘦、手持剪刀的先生走了过来。他的鼻尖也夹着夹子，说出的每个字都带着鼻音。

"你好哇，蒂娜，快请坐。我是姜安路易吉戴

维德，你可以叫我姜吉。"

"姜吉，你先帮我照看着她，我还有好多事儿要办。"扔下这句话后，吉安娜便告辞离开了。"寻宝游戏六点开始，我们到时候广场见。"走出店门前，她对蒂娜说道。

蒂娜点了点头，虽然她并不知道吉安娜口中的广场在哪儿。吉安娜的身影刚刚消失，"砰——"传来一声震耳欲聋的巨响，蒂娜吓得一蹦三尺高。

"别怕，是布雷佐利诺，他正在工作呢。"姜吉说，"他是我这儿最棒的伙计，可以不用任何发泥、发蜡或者发胶，做出各种漂亮的鬈发。"

蒂娜看到了一位胖墩墩的年轻人，他头朝下地倒立着，膝盖向后弯曲，正向外排放着体内的空气，一张脸因为用力而皱成了一团。每一股热风都伴随着一声让人面红耳赤的巨响。每次布雷佐利诺排出臭乎乎的风，孩子们都会哈哈大笑。这有什么好笑的？蒂娜百思不得其解。那个味道很可能留在衣服上……要是布雷佐利诺和她同班，他肯定会被老师叫到黑板旁罚站。可他的老板姜吉却一脸欣赏地望着他，看着他为一个金发男孩吹干头发。蒂娜目瞪口呆。

"布雷佐利诺正在给他做菜蓟头，"姜吉骄傲地解释，"这可是今年最火的发型。"

"我也要菜蓟头！"一位满脸雀斑的男孩嚷嚷道，洪亮的嗓门儿震得雀斑们瑟瑟发抖。他是那群孩子里唯一没有戴鼻夹的人。

"你呢，你想做什么发型？"他转向蒂娜，问道。孩子们全都抬起了头，等待着蒂娜的回答。

蒂娜的脸红了起来。

"不知道。我没想过换发型。"

"我们这儿不仅能做菜蓟头，还能做洋葱头，这是一款相当百搭的发型。除了这些，还有莴苣头，要是你头发很长，也可以试试甜菜头。"姜吉说。

"为什么得换发型呢？"

"因为这对孩子们很重要。"

"要是孩子们讨厌蔬菜呢？"蒂娜反问。她并不挑食，每次在食堂吃饭，都能吃光盘里的蔬菜。

可她班上的那群男生就不一样了。他们会把菠菜放进嘴里，胡乱咀嚼几下，然后张开嘴巴，向女生们展示毛茸茸的绿舌头。女生们总是一边躲避，一边"咯咯"笑个不停。

"我讨厌蔬菜，讨厌蔬菜！"雀斑男孩大吼。雀斑们受到惊吓，纷纷扭动起来，就像一只只小小的蚂蚁，一个接着一个，飞快地躲进了他的鼻孔里。可男孩对这一切毫不知情，他不住地跺脚，表达着自己对蔬菜的厌恶。

"瞧，蒂娜，这就是为什么我说发型对孩子们很重要！"姜吉回答，"就是因为孩子们不爱吃蔬菜，才需要变换发型，至少他们能从中汲取一些营养。"

"真的吗？"

"这世上有色彩疗法、音乐疗法、艺术疗法，为什么就不能有发型疗法呢？"姜吉扬起眉毛，"举个例子好了：你虽然不是鼹鼠，可要是我让你在地底下生活，整天挖土打洞，土壤糊住你的眼睛，你什么也看不见了，不就变得和鼹鼠一样了吗？"

"没错。"蒂娜点头，却仍有些将信将疑。

"我们这儿的孩子个个身强体壮，因为他们能从发型里汲取铁、纤维和矿物盐。要是你缺钾，我会给你剪一个香蕉头，虽然这个发型现在有点儿过时了。我个人最喜欢草莓头，它富含维生素，不过这款发型更适合长满雀斑的脸蛋。"

听到有人叫它的名字，一粒雀斑从男孩的鼻孔里探出了头，它四下张望一番，确认没有危险后，迫不及待地溜了出来，可它刚跑出没几步，男孩又跳起了脚："我要草莓头，快给我做草莓头！"雀斑吓了一跳，还没等男孩安静下来，就已经飞身折返，冲回了鼻孔。或许别的雀斑正等在门后，准备拎住这个冒失鬼的耳朵，狠狠斥责它一通。

蒂娜鼓起了勇气："我的话……我喜欢向日葵。"

"可向日葵不是蔬菜。"金发男孩提醒。

大伙儿哄笑起来，这个新来的落汤鸡竟然分不清蔬菜和花朵。孩子们相互顶着胳膊肘，笑得前仰后合，而那位老好人店主却无动于衷，放任他们胡闹。蒂娜又羞又恼：一板一眼固然无趣，但这帮高声取笑她的家伙更加令人讨厌。

"你们或许不知道，"蒂娜不甘示弱地回击，"向日葵籽不仅可以食用，还能用来榨油。它们富含维生素 E 和多种矿物盐。"

孩子们张大嘴巴瞪着她，下一秒，又再度爆发出惊天动地的大笑。

"此外，向日葵籽对呼吸道疾病也有益处。"蒂娜继续说道，她订阅了《焦点少年》①，每个月收到杂志后都会认真阅读，从第一页到最后一页，绝

①意大利青少年杂志。

不漏掉任何一个字符。

这些知识都是她从杂志上学来的。"和你们说这些也是白搭，你们根本不关心自己的呼吸，全在那儿美滋滋地吸收他的臭气！"

孩子们突然止住了笑，布雷佐利诺也不再发出令人尴尬的声音，店主姜吉更是变了脸色。终于停下来了，蒂娜想，她周围的人总会无缘无故地大笑，她完全理解不了是什么让他们如此开心，而这总让她感觉格格不入。

可现在，大伙儿都不笑了，为什么她依旧感到

手足无措？

"这儿可不做向日葵头。"雀斑男孩拖长了声音。

"噢，这儿当然能做向日葵头。"姜吉温和地纠正，"蒂娜，你这个主意可真不错。"

"可之前根本没人剪过这种发型！"雀斑男孩气呼呼地反驳。

"因为没人提过这种要求。"姜吉回答，"不过这可难不倒我。"

"去年圣诞节，"一位声音沙哑、坐在镜子前的女孩说道，"姜吉给我做了一个鹿角头。"

她似乎是想向大家证明：不论任何款式，只要你开口，姜吉都能满足你的要求。

"万圣节的时候，"另一位女孩补充，"姜吉和布雷佐利诺给我们做了南瓜头……"

"大南瓜头！"姜吉笑着纠正，"你们的脑袋就是用来消耗香波的！"

"我也要南瓜头！"雀斑全躲进鼻孔里的雀斑男孩又嚷嚷起来。

"还有骷髅头、女巫帽头。"那个女孩继续说道，一点儿也不搭理正在旁边大吼大叫的同伴。

"狂欢节的时候，我剪了一个印第安人头，头发就像蓬松的羽冠，特别威风。"正玩着三子棋的男孩也加入了讨论。趁他不注意，他的对手飞快地在棋盘上画了一个叉，接着把笔藏到了身后。

"这些古灵精怪的小脑袋最适合消耗香波了。"姜吉笑眯眯地说，"我们从来不用梳子梳头，也不用会弄疼头皮的发刷，我们不束马尾，不扎辫子。我们这儿只做蔬菜头、水果头、小动物头和卡通人物头。而今天，我们要给蒂娜做一个向日葵头。"

布雷佐利诺目不斜视，继续着手头的工作。金发男孩的头发被热风吹开，变成了一簇簇立起的花瓣。一股股臭味不断袭来，蒂娜头晕脑涨，几乎快要喘不过气来。或许是负罪感让她产生了这样的幻觉。她刚才居然脱口说出了"臭"字，真是太没有礼貌了。

"我脑袋晕乎乎的，先生。"

"怎么会呢？"姜吉摆弄着理发剪，就像是在挥舞着一根魔杖，"脑袋可不会晕，脑袋唯一的用处就是消耗香波。"他一边说，一边解开了蒂娜的发辫。妈妈每天早上都会给蒂娜扎辫子，因为这样看起来更精神，而且头发也不容易变脏。

儿童理发师灵巧的手指让蒂娜渐渐放松下来。她屏住呼吸，拿起夹子，夹住了鼻孔，同时在心里暗暗祈祷，希望布雷佐利诺原谅她的举动。

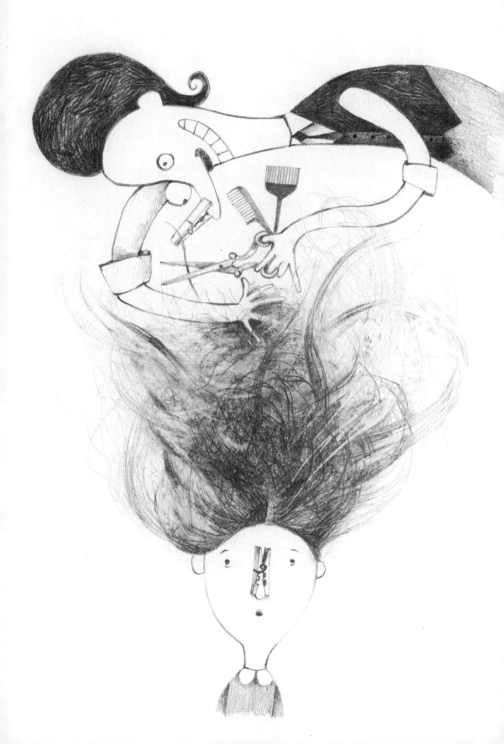

第三章

　　姜吉让蒂娜坐上软软的理发椅，递给她一本速写本和几支画笔。

　　理发店的墙壁花花绿绿，有写着"谢谢"的感谢信——它们都被店主姜吉用图钉一一装点在了墙上，有吐舌头、扮鬼脸的合影，还有许多水彩画，全是孩子们的手笔，每个人都在画上留下了自己的大名和年级。美中不足的是，姜吉的这些小顾客也和蒂娜的同学一样粗心，好多颜色都涂出了边框。每次提笔，蒂娜都会默默告诉自己，千万不能心急。

这句话有一股神奇的魔力，总能让她沉下心来，平稳地挥动画笔。

"你们这儿还有水彩颜料？"蒂娜惊讶极了。

"当然！"姜吉回答，就像变魔术似的掏出一盒颜料，递了过来。

这个姜吉，真是太懂孩子们的心了！蒂娜暗暗决定，回家后一定要告诉妈妈：我再也不要和你一块儿去理发店，剪那些丑丑的刘海，它们总是挡住我的眼睛，我只想把脑袋交给姜吉，请他为我打理头发。

蒂娜把画纸铺在镜子前的小桌板上，接着拿起了画笔。

与此同时，金发男孩站了起来，骄傲地向大伙儿展示他的新发型，大家纷纷为布雷佐利诺的手艺送上掌声。正玩着三子棋的男孩们也鼓起了掌，他们中的一位故技重施，趁乱在棋盘上画了一个叉，然后把笔扔到了地上。另一位——那位喜欢印第安人发型的男孩——跳下椅子，绕着布雷佐利诺转起了圈圈，他不断用手心拍打嘴唇，发出一连串"喔喔呀呀"的声音。

　　声音沙哑的女孩跟着他从座椅上跳下，其他小孩也不甘落后。姜吉手拿瓶子，追赶着这群淘气鬼，就像一只追逐小鸡的老鹰，他不停按压瓶上的按头，香波变成雪白的泡沫，从瓶口汩汩冒出。泡沫分裂成一串串泡泡，在空中慢悠悠地飘荡，一会儿上升，一会儿下降。有的孩子仰头吹气，想让聚拢的泡泡重新分开；有的孩子伸出手指，玩起了戳泡泡游戏。蒂娜依旧坐在椅子上，她也朝泡泡们不住吹气，甚至伸出手，试图捉住其中的一个，只可惜，她刚碰到

泡泡,泡泡就消失得无影无踪。

布雷佐利诺保持着倒立的姿势,左挪右避,在泡泡雨中灵活地穿行。店里的一切,包括收银机,都沾上了香波,变得湿漉漉、黏乎乎。姜吉手舞足蹈,完全沉浸在了这场追逐游戏中,突然,他踩中了地上的笔,在孩子们的哄笑声里,摔了一个狗啃泥。蒂娜也忍不住笑了,但她的笑声很快被布雷佐利诺打断。这位理发店伙计来到她身边,一个蹦跶,站直了身体。

"休息时间到!"布雷佐利诺大声宣布,接着他转向蒂娜,"好了,现在轮到你了。"

"今天可真热闹哇。"蒂娜努力寻找着话题。

"下午嘛,一直都这样。"姜吉说,他正坐在收银台后的凳子上,呼呼喘气。孩子们全都回到了自己的座位。

"因为上午我不在,他们只能下午来。"布雷佐利诺解释道，"上午我在洗衣店上班，帮着店长烘干衣服。羊毛、丝绸，还有那些娇气的布料得慢慢烘，床单被套就没那么讲究了，直接烘干就行，连熨烫都不用。"

说罢，布雷佐利诺双手撑地，再次倒立起来："好的，下面是向日葵头。"

"我也要向日葵头！"雀斑男孩大声嚷嚷，他鼻孔里的雀斑们战战兢兢，生怕他突然打一个喷嚏。"我要我要，现在就要！"然而回答他的却是一阵肠胃蠕动的咕噜声，男孩蓦地闭上了嘴巴。

一股热浪突然袭来，包裹住了蒂娜。出乎她意料的是，这种感觉居然相当舒服。或许这得益于她鼻上的夹子，或许是店内四处洒落的香波的功劳，又或许是因为她已经习惯了这股味道。

"真的轮到我了吗？"蒂娜问，"其他人已经等了好久。"

"别担心，他们很多人只是来这儿玩的。"布雷佐利诺回答，"而且你湿透了，再等下去会感冒的。"

"真抱歉，我滴了好多水。"

"噢，没事儿！地板已经一团糟了，再湿点儿也没什么关系！"姜吉安慰她道。

"之后我会打扫的。"布雷佐利诺说。蒂娜很想为之前的话道歉，可她并不擅长道歉，那总让她面红耳赤。

"对了，布雷佐利诺，"她试探着开口，"你在哪儿学会的这门手艺？"

"就在这儿，一边做，一边学。"

"没念过什么学校？"

"没有。我的专业是希腊语和拉丁语。至于发型设计，一开始只是做着玩的，现在则是因为兴趣。"

"你每天都这么忙，不累吗？"

"当然不会。多亏了消化不良，我可是'中气十足'。我试了好多办法：不吃肉，或者只吃白肉，不吃淡水鱼，只吃深海鱼或者各种鲑鱼，不吃巧克力或者每天都吃巧克力，只吃荷包蛋，不吃糖、盐和胡椒，或者三种一起吃，只吃米饭面条，吃中国菜、日本菜、泰国菜、印度菜、墨西哥菜，只吃蔬菜，不吃酵母，不喝牛奶，或者只喝西柚汁……"

"有用吗？"

"一点儿用也没有，根本就是白费力气。我看了很多很多医生，做了很多很多检查，都没能找出消化不良的原因。我很健康，好得不能再好，可要是不把体内的空气及时排出来，我就会'砰'地爆炸……"布雷佐利诺露出了笑容，"所以我才会来这儿。我有两份很棒的工作，老板们都很器重我，顾客们也很喜欢我。因为我会做头发，也很受女生们欢迎，不过现在我还没有成家的打算。空闲时间里，我喜欢阅读古希腊悲剧。"

蒂娜一边听，一边享受着吹向她的阵阵热风。如今这大肠蠕动的咕噜声，就像元旦节[①]夜晚噼啪作响的爆竹，像八月节[②]时嘭嘭炸开的烟花，喜气洋洋，热闹欢腾。

姜吉终于缓过了气儿，他让那位脸上没了雀斑的雀斑男孩躺上洗发椅，为他按摩起了头皮。几乎是一眨眼的工夫，男孩便沉入了梦乡。他美美地酣睡着，脸上挂着傻乎乎的笑容，就连天使看了都会心生嫉妒。慢慢地，雀斑们从鼻孔里走了出来，它

[①] 元旦节（Capodanno），意大利最重要的节日之一，时间为每年 1 月 1 日。

[②] 八月节（Ferragosto），意大利传统节日，时间为每年 8 月 15 日，意大利各地会举办丰富多彩的庆祝活动，一些城市还会举行烟火表演。

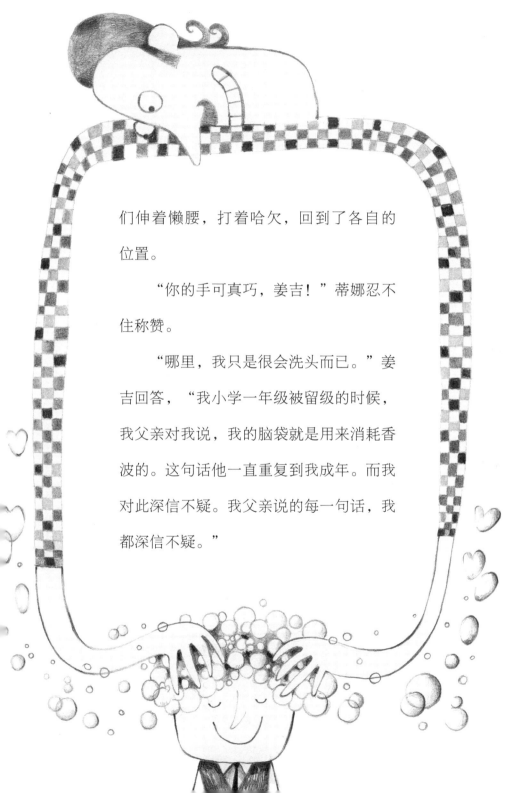

们伸着懒腰，打着哈欠，回到了各自的位置。

"你的手可真巧，姜吉！"蒂娜忍不住称赞。

"哪里，我只是很会洗头而已。"姜吉回答，"我小学一年级被留级的时候，我父亲对我说，我的脑袋就是用来消耗香波的。这句话他一直重复到我成年。而我对此深信不疑。我父亲说的每一句话，我都深信不疑。"

"他有些太过严厉了，你的父亲。"蒂娜说。

"怎么会？多亏了他，我才找到了自己的路。"

"可脑袋并不只是用来消耗香波的！它还可以用来下棋，用来不出声地唱歌，用来顶球，用来跳水……"

"的确，脑袋可以用来做许多许多事。"姜吉说，"但只有在被人抚摸的时候，才能体现出它真正的价值。脑袋存在的意义，就在于将它交到爱它的人手里，比如像现在这样，交到爱它的理发师手中。我想让孩子们明白，他们的脑袋首先是用来被人疼爱的，至于其他事儿，成年人世界里的忧虑和烦恼，孩子们会慢慢学会，慢慢尝到。我父亲说得很有道理，而我只是听从了他的建议。"

"那他疼爱过你的脑袋吗，你的父亲？"蒂娜好奇地追问。

"完成了。"就在这时，布雷佐利诺说道。

蒂娜转过头，打量着镜中的自己。她完全变了样，就算妈妈看到，一定也认不出她来！热风将头发吹成了花瓣的形状，一片片花瓣围绕着她尖尖的瓜子脸。当她低下头时，花瓣会合拢起来，当她抬起头，花瓣又会重新绽放，露出中间明亮的脸蛋。

"谢谢，布雷佐利诺，我非常非常喜欢。你的手艺真是棒极了。"蒂娜说，这是她发自内心的赞美，但她同样希望这句话能够弥补自己所犯的错误。

蒂娜站起身，她的衣服已经干了，鞋子踩在地上也不再咯吱作响，留下一串湿漉漉的脚印。她把手伸进口袋，却什么也没找到。她口袋里的硬币应该都落进了湖里，成了那些哑巴鱼儿的零花钱，又或者在热气球飞行的颠簸中掉了出来，被那只同样不爱说话的鸟儿给捡了去。

"我没钱给你，姜吉。"蒂娜硬着头皮说道。

真是太丢人了。他们肯定会觉得她是一个小骗

子。他们肯定会打电话报警，警察叔叔会给她戴上

手铐，将她塞进警车，而妈妈得花上好大一笔钱，

才能把她救出来。对了，妈妈！她已经耽搁了太久，

得赶紧回家。

"说什么呢？"姜吉一脸惊讶，"儿童理发店

从来不收孩子们的钱。快去广场吧，再不抓紧的话，

你可就要错过骄傲节开场的寻宝游戏了。"

"可是我得回家了，天已经快黑了。"

"今天可是骄傲节，每年春天才有这么一次，你怎么能错过呢？"

"是不完美骄傲节！"声音沙哑的女孩插进话来，"大家都等不及了，你难道不期待吗？"

"我还从没有去过呢……"蒂娜思索一番，终于还是决定去看看，反正也不差这一时半会儿，"真巧，今天被我赶上了。你们能告诉我广场怎么走吗？"

"出门右转，"喜欢印第安人发型的男孩说，"沿着胖墩路走，看到红绿灯后左转，顺着跛子路走到一片空地，穿过空地，拐进第二条路——斜眼路，一直走到头，就能看到骄傲广场了。"

"需要我重复一遍吗？"布雷佐利诺问。他可真是热心肠，或许他已经原谅了蒂娜之前的无礼。

"不用，谢谢，我已经记下了。那我们一会儿广场见。"

"一会儿见！"孩子们齐声回答，又在店里玩起了你追我赶的游戏。

"一会儿见，小向日葵。"姜吉说。他还没有回答蒂娜的问题，而蒂娜也忘记了再问他一次。姜吉的父亲到底有没有抚摸过姜吉的脑袋呢？

出门前，姜吉取下她鼻上的夹子，扔进了一旁的垃圾桶。

"这颗脑袋消耗了好多香波，记得好好爱护它。"

第四章

当熙攘的人群出现在蒂娜视野中时，她便知道自己抵达了骄傲广场。男女老少全都围在一个舞台前，可舞台上什么也没有，只孤零零地立着一支麦克风。蒂娜踩到了松开的鞋带，差点摔个跟头，她蹲下身，准备把鞋带重新系好。就在这时，她发现一米开外的地方出现了另一双皮鞋。蒂娜抬起眼，一位先生正蹲在一片树丛后，探出脑袋，小心翼翼地朝外张望，他很快又把头缩了回去，紧张地啃起了指甲。

蒂娜朝他走了过去。

"您丢东西了吗？"

那位先生吓了一跳，他的下嘴唇上粘着一瓣新月形的指甲。

"抱歉，吓到了您。"蒂娜说。

"没有没有，我只是在试着集中精神。"那位先生回答，嘴皮上的指甲被气流吹没影儿了。

"啊，我不是有意打扰您的。"

"哪里哪里，一点儿也不打扰！"那位先生故作镇定地站了起来，他穿着烟灰色西装，系着一条深色蓝领带，"如果你有什么需要，可以告诉我。我很乐意倾听。"

"我没什么需要，先生。我只是来参加骄傲节庆典的。"

"骄傲节？"那位先生瞪大眼睛，又蹲了下去。

"怎么啦？"

"嘘——嘘——"他恳求道，"再给我几分钟，就几分钟，让我冷静一会儿，我马上就来。"

于是蒂娜同他道别，走了出去。那位西装革履的先生躲回树丛后，重新啃起了指甲。

蒂娜一边走，一边四下张望，她不知道自己要去哪儿，也不知道自己究竟在找些什么，每个人看起来都很忙碌，根本没人注意到她这个生面孔。或许她该去找找公交车站。她多么希望气球夫人从天而降，这样她就能回家了。就在她这么想着的时候，气球夫人竟然真的出现在了广场上空，蒂娜挥舞手臂，呼唤着她的名字："嗨，吉安娜！"

　　费了好大的劲，蒂娜才让吉安娜注意到了她。

气球夫人缓缓落地，望着她的身影，蒂娜忍不住想道：露琪亚——她那位臀部出众的同学，长大以后，或许能像吉安娜一样，做一名热气球飞行员。明天上学，她一定要告诉露琪亚：将来的某一天，你也会学会飞翔。

"小姐，你是在考验我的眼力吗？顶着这圈花环，我可没那么容易认出你。"

"这不是花环，是姜吉给我做的向日葵头。"

"姜吉这家伙，真是满脑子怪主意！看来他父亲说得很有道理。"

"您这是要去哪儿？"

"别总是'您'哪'您'的，用'你'就行！我在找市长呢，他得为开幕式致辞。"

"去接他？"

"不，他已经来了。"

"啊！那为什么他还不上台呢？"

"因为他很害羞，不喜欢在大家面前讲话。每次都是这样。他应该就躲在这儿附近，等我逮到他，一定要把他拎上台，摁到话筒前，看他还能溜到哪儿去。"

"要是逮不到呢？"蒂娜问，她突然想起了那位躲在树丛后的先生。

"那就只能由我来读信了。"

"什么信？"

"市长的信。每次举办活动，他都会准备一份演讲稿，可他又很害怕上台面对观

众。因此保险起见，活动开始前，他都会把稿子寄给我。"吉安娜从袖子里抽出信，在蒂娜眼前晃了晃。那是一张折成四叠的纸。

"他应该自己来读，语文老师总对我们说，每个人都得学会承担自己的责任。"

"说起来容易做起来难哪。不过说到语文，他写的稿子倒是挺有文采，让人感动。"吉安娜叹了口气，她挥挥信纸，就像是在挥舞一张用来擦眼泪的手帕。随后，她把信塞回了衣袖。可当她转过身，重新扫视起广场时，信却从袖口滑了出来，掉在了地上。吉安娜并没有察觉，蒂娜却将这一幕看在眼中，她毫不犹豫地捡起信，一溜烟地跑掉了。

"我会把他带回来的！"蒂娜保证。她知道市长藏在哪儿，她会说服他，让他上台念出这封信。

"你说什么？"吉安娜问，可蒂娜已经跑远了。

蒂娜回到了树丛旁，却不见市长的身影。他应该没有走远，得赶紧把他找出来。

蒂娜在人群间穿梭，仔细检查着广场四周的花坛，她撞见了理发店里的那群小孩，不过和刚才不同，他们的鼻子上并没有戴着夹子：看样子他们都是来参加寻宝游戏的。

"得赶紧找到市长。"蒂娜说。

"不对，得找到头绪。"雀斑男孩说。

"什么头绪？"

"菲利普的头绪。"

"可市长不见了。"

"但菲利普在呀。"雀斑男孩伸出手，指了指不远处的舞台。

舞台上站着吉安娜和一个戴着眼镜的高竹竿儿。

吉安娜对着话筒说道："亲爱的市民们，欢迎

来到一年一度的不完美骄傲节。很抱歉，我得告诉大家一个坏消息：我弄丢了市长的信。"她绞着双手，又补上一句："还有市长。"

台下一片哗然，有人吹起了口哨，有人喝起了倒彩。

"真的非常抱歉。"吉安娜窘迫地左摇摇、右晃晃，她的臀部就像被风吹动的热气球，也从左边晃动到右边。随后，她重新站直了身体，"不管怎样，今天是节日，我们应该好好庆祝。女士们，先生们，我宣布，寻宝游戏现在开始！"

掌声雷动，观众们立刻把刚才的不快抛到了脑后。

"请吧，菲利普。"

高竹竿儿弯下腰，凑到话筒跟前。

"第一条线索，迎接新生，送别逝者的女人。在我宣布其他线索前，请容许我做一个简短的开场白。"高竹竿儿慢吞吞地说道，他一直不停地眨眼，然后突然没了动静。

"菲利普！"吉安娜在一旁催促。

菲利普抬起头，茫然四顾，像是在疑惑自己为什么会站在这里。

"所以开场白是什么？"吉安娜逐渐失去了耐心。

菲利普推了推鼻梁上的眼镜，说道：

很久很久以前，在不完美王国，

住着一位没有脸的男子。

他双臂健全，有手有脚，

二十根指头一个不少。

脑袋，后背，还有腰杆，

该有的东西他都有，

肩膀上还挎着一个口袋。

谁承想命运却将他捉弄，

送给他月亮般皎洁的面容，

鼻子、眼睛和嘴巴，

全都消失得无影无踪。

他身穿干净的衣裳，

顶着空白的脸庞，

走过王国的每一个角落，

没人能将他的心情读懂，

他究竟是悲伤、烦恼，还是快活。

醒来时，他不会睁开眼睛，

疲惫时，他不会哈欠连连，

惊讶时，他不会张大嘴巴，

没有鼻子，

就连感冒也拿他毫无办法，

他没法把手指伸进鼻孔，

也从未体验过咳嗽的滋味，

没有表情，每天起床后，

他甚至不知道自己是喜是愁。

一天，他遇到了蒸汽男孩，

每次看到空白的玻璃，

男孩都会忍不住上前，

他在那上面署下大名，

画出一栋栋房屋，一个个人物，

直到填满最后一抹空白，

潮湿的镜子，蒙雾的窗户，

都是他创作的舞台，

可他那停不下来、充满想象力的手指，

却让妈妈气恼万分：

"不许再弄脏玻璃，我可不想擦个不停！"

于是，当男孩遇到没有脸的男子，

他立刻扑了上去，

那张脸好似刚擀开的面团，

白白净净，像在发出无声的邀请。

此时此刻，男子和男孩尚不知道，

他们的相遇会碰撞出怎样的火花。

男子坐了下来，

男孩的指头落在他的脸上。

最先出现的是一对眼睛，

看清周围的世界，

惊讶的情绪立刻将它们填满，

之后是用于呼吸的鼻孔，

和品尝食物的嘴巴。

"我太开心了！"男子说道。

于是男孩将他的眼睛画成了心形，

又让他的嘴角高高扬起，

男子呵呵笑个不停。

望着他的脸，男孩忍不住想：

我本可以有许多选择，

比如给他一张悲伤的面孔，

只用动动手指，让他的嘴角低垂。

我也可以让他面露惊讶，

给他一张合不拢的大嘴，

看他能够坚持多久。

我还可以在他的额头，

刻下三条深深的皱纹，

让他眉头上扬，双目圆睁，

再送他一抹恶狠狠的眼神。

要是我乐意，

还可以为他添上点点泪痕。

可男子用那双崭新的眼睛望着他，

唇边的笑容温暖真诚，

这是他引以为傲的作品，

男孩不忍将它抹去。

"感谢你不安分的手指，

感谢你送给我眼睛、嘴巴和鼻子，

感谢你赠予我快乐，

我会走遍王国各处，

向所有人展示你的才华。

如果你按捺不住，又想创作，

随时欢迎你的到访。

我的脸庞就是你的画布，

你大可用食指，

让我变得不同。

我可不想像周围那群家伙，

总戴着同一副面具起舞。

无论年轻，还是老迈，

悲观，开朗，疯疯癫癫，

理智，冲动，一丝不苟，

丑陋，漂亮，魅力无穷，

无忧无虑，心事重重，

请让我每天都与昨日不同，

请让我品尝世间百味，

请让我活得痛快透彻。"

男孩满足了他的愿望，

画笔般的手指，白纸似的脸庞，

活泼的男孩，幸运的男子，

随着时间的推移，这对奇妙的组合，

变得越发牢不可破。

一天又一天，

男子的表情变换不断，

激动，气恼，

雀跃，严肃，

平静，失落，

男子将酸甜苦辣统统尝遍，

就连男孩也被感染，

与他同乐，与他同哭。

就这样，男孩成了世上最出色的玻璃画师，

可他从不以此为傲，

大家纷纷请他在玻璃上作画，

各个国家也不再打架争吵，

而把省下的开支，用作邀请他的酬劳。

为了欢迎他的到来，

人们举办各种庆典和展览。

许多许多年后，

没有脸的男子驾鹤远行，

而男孩总会把欢呼与喝彩，

赠予他的故友。

菲利普闭上了嘴巴，大伙儿纷纷鼓掌——除了蒂娜，她举手问道："那个迎接新生、送别逝者的女子呢，她最后怎么样啦？"

"什么女子？"台上的菲利普一脸疑惑。

"是啊，什么女子？"气球夫人也问道。

观众们窃窃私语起来。

就像之前不慎把排球打入河里时那样，蒂娜的手心沁出了汗水。糟糕，她怎么忘了，同学们还在等着她呢！向日葵花瓣合拢起来，遮住了她的脸蛋。

"线索里的那个，"蒂娜回答，"寻宝游戏的线索。你刚才提到过。"

"我不记得了。"菲利普结巴起来，"老天，我好像又把头绪弄丢了……"他挠挠头，努力回想着，这样的沉默持续了整整一分钟，气球夫人吉安娜终于失去了耐心，她一把抓过话筒，吼道："出发！寻宝游戏正式开始！"

孩子们箭一般冲了出去。蒂娜也迈开双腿，跟在他们身后。

"我们是去找市长吗？"她问。

"我不是和你说过了吗，我们要去找菲利普弄丢的头绪。"雀斑男孩回答。

"去哪儿找？"

"不知道。"

"快停下，"蒂娜说，"我们得先思考思考。"虽然嘴上这么说，她的腿可一点儿也没慢下来。

"不行，不能停，不然会被其他人抢先的。"

"哪来的其他人？我们都还没有组队呢。"蒂娜已经气喘吁吁了，大家依旧在撒腿飞奔。

那位声音沙哑的女孩说道："或许我们该去找找那个蒸汽男孩。"

"他在国外呢。"顶着菜蓟头的金发男孩说，"你难道没听见，他们一直邀请他去不同的国家画画吗？"

"那我们就去找那个没有脸的男子。"声音沙哑的女孩继续提议。

"你难道没听见，他已经坐着仙鹤离开了吗？"金发男孩回答。

"离开去哪儿了呢？"雀斑男孩反问，他突然停住了脚步。

跟在他身后的人来不及刹车，一个撞上另一个，叠罗汉似的摔作了一团。蒂娜也没能幸免。

"哎哟！"

"蠢蛋，看着点儿路！"

大伙儿一边哎哟呻吟，一边呵呵直乐。

这算哪门子寻宝？没有线索，没有队伍，更没有游戏规则。最好还是别凑热闹，跟着他们瞎折腾，蒂娜想。

"谁能告诉我公交车站在哪儿？"蒂娜问。

雀斑男孩率先爬了起来，在裤腿儿上蹭了蹭手，看着层层叠叠趴在地上的同伴，他出声嘲笑："你们还要装死到什么时候？"

而他的话让蒂娜灵光一闪："对了，死！"

大伙儿茫然地瞪着她。

"那位没有脸的男子应该已经死了。"蒂娜解

释，这个发现让她激动万分。

"所以我们应该去墓园看看。"声音沙哑的女

孩率先明白了过来。

　　雀斑男孩拔腿就跑，其他小孩也一个个爬起，飞快地跟了上去。只剩下蒂娜，依旧杵在原地。

　　或许这就是一支寻宝小队，而她已经在不知不觉中成了队伍里的一员。或许这儿的人从不特意组

队，而是自发地走到一起，这样大家都能参与到游戏中，没人会被排除在外。或许她可以稍微推迟一下回家的时间，反正她也没弄清公交车站在哪儿。

蒂娜撒开脚丫，再次飞奔起来。

第五章

　　墓园的栅栏门上装饰着一闪一闪的星星灯，浓郁的圣诞气息扑面而来。虽然现在是白天，大老远也能看见灯泡发出的光芒。孩子们都跑累了，正拖着软绵绵的双腿，一点一点向前挪动。

　　"那儿的门总像这样亮闪闪吗？"蒂娜询问那位声音沙哑的女孩。

　　"不会，但今天是节日呀，死去的人也有过节的权利，不能因为他们死了就不许他们庆祝，对不对？"

老实说，蒂娜还从没有想过这个问题。

他们来到大门前，一位年轻女子正站在墙边。她那高耸的胸脯就像一个花台，鲜花朵朵竞相绽放，有素净的兰花、端庄的菊花、洁白的栀子……前来悼念的人们向她讨要雏菊，作为礼物放在亲人的墓前，女子将花儿一一摘下，又从旁边的小桌上取来彩纸，为花儿们穿上衣裳。雏菊很快便被摘了个精光，她雪白柔软的胸脯上又长出了郁金香。除了这些看得见的花儿，空气中还弥漫着茉莉花和含羞草的芳香，或许它们此刻正在发芽，而香味抢先一步，窜入了大家的鼻腔。

"你好哇，花儿小姐。"孩子们同她打着招呼。

"欢迎欢迎。"花儿小姐说，"准备好和逝者一起庆祝了吗？"

和逝者一起庆祝？蒂娜脑中登时警铃大作。

"我们其实是来找菲利普的头绪的。"金发男孩回答。

没错没错，这才对嘛。蒂娜暗暗点头。

"噢，对，寻宝游戏！"花儿小姐恍然大悟，微笑着说道，"感谢你的提醒，小菜蓟头。"显然，她很喜欢姜吉和布雷佐利诺的手艺，金发男孩羞红了脸。

"今天你也要工作？"声音沙哑的女孩问。

"是的，墓园今晚不关门，逝者们也要狂欢一番呢。快进去吧，去拿一根棒棒糖。"

"好哇好哇！"孩子们争先恐后地跨过了大门。

"那里面怎么会有棒棒糖？"蒂娜心里直打鼓，她可不想踏进墓园。狂欢的逝者，想想都让人起鸡皮疙瘩。而且，他们不是已经死了吗，还有什么好庆祝的？可蒂娜不敢把这个疑问说出来。爷爷去世的时候，爸爸根本不允许她靠近太平间。"没什么可看的"，爸爸这么对她说。她也没有参加之后的葬礼，而是和保姆一起待在家，看着电视打发时间。死亡不是孩子们该面对的东西，她一直这么认为。可这群家伙，为什么迫不及待地冲了进去？她当初真该找一辆公交车回家。不，不对。她当初就不该下河捡球，不该答应同学们的邀请，要是她坐在一旁安静地当个啦啦队队员，就不会有现在这些麻烦事儿了。

"怎么了，你难道不喜欢甜点吗？"胸脯好似花台的花儿小姐问道。

蒂娜困惑地眨了眨眼，花儿小姐看出了她的疑惑："每年骄傲节，逝者们都会做很多甜点。"

"在哪儿做？"

"还能在哪儿？当然是厨房里了。"

"逝者也会做饭？"

"不会做的，会去超市或者点心店买现成的。"

"他们为什么要准备甜点呢？"

"因为他们都很好客，好客不需要理由。"

"他们正站在里面等我们吗？"

"怎么可能站着？他们已经死了呀。"花儿小姐扑哧笑了，"真是个傻孩子，你到底在害怕什么？"

蒂娜彻底糊涂了：不能站着，又怎么走路去超市买东西呢？这位花儿小姐笑她问了个傻问题，为什么自己又说出了这般自相矛盾的话呢？

"你难道没有收到过远行之人的礼物吗，比如住在另一个城市的亲人或朋友？"

"当然收到过，可这和逝者有什么关系？"

"这是同一个道理。快进去吧，去谢谢他们。他们可是忙活了好久呢，今天墓园里有好多好多甜点，能喂饱天底下所有的小馋猫。"

蒂娜向前迈出一小步，又迟疑地停了下来。

"拿着这个，"花儿小姐递给她一朵向日葵，温柔地笑道，"用来感谢他们的招待。"

蒂娜深吸一口气，踏进了大门。

墓碑前摆放着令人眼花缭乱的美食，有坚果、水果糖、棒棒糖、炸薯条、泡芙、巴巴蛋糕、马芬蛋糕、水果挞、能多益酱夹心面包、巧克力香肠、苹果馅饼、奶油蛋糕、酸樱桃蛋糕，甚至还有吹吹卷和礼花筒，孩子们摆弄着这些玩具，又吹又笑，好不热闹。

雀斑男孩的手指沾满了黏糊糊的奶油，他一边往嘴里塞着食物，一边举着吹吹卷，冲着大理石墓碑上的照片用力吹气，为了叫醒这帮贪睡的家伙，他特意瞄准了照片中的耳朵。

逝者并不在这里。或者应该说，他们在这儿，只是隐去了身形。但他们却为孩子们留下了信息，就像一封等待查阅的电子邮件，一张躺在信箱里的明信片，或者一个邮差送来的包裹。

吹吹卷每响一声，在墓前献花的老奶奶们都会吓得一哆嗦。她们本就步履蹒跚，如今这散落满地的彩带更是让她们跌跌撞撞、跟跟跄跄，她们中的一些嘟囔个不停，一些因为耳背而免受喧闹之苦，还有一些咧开没有牙齿的嘴巴，嚯嚯直笑。

当寻宝小队来到一座完全空白、没有文字也没有照片的墓

碑前时，他们立
刻意识到，这座墓碑
属于那位没有脸的男子。他们
手牵手，绕着墓碑转起了圈圈，一边
转，一边唱："消耗香波的脑袋，等待
手指的脸蛋，生活呀生活，真是奇怪！"

　　一股热流涌上心头，蒂娜把花儿小姐送给
她的向日葵放到了墓碑前，她跑上前去，邀请
奶奶们加入他们的队伍。随后，她也拉起伙伴
们的手，一块儿转起了圈圈。一位奶奶仍在气头
上，她一边转圈，一边高声数落那些扰人清净的小
喇叭，另几位耳朵不灵光的奶奶跟着他们，咿咿呀
呀地哼唱起来。

　　转着圈的蒂娜感受到了一抹视线，有人正偷偷
看着她，而那人就躲在小教堂后面。可他

们转动的速度实在太快，景物不断变换，蒂娜根本没法看清那人的脸。终于，蒂娜认出了他来：是市长！但很快，市长的身影再度消失在她的视线中，转圈圈仍在继续，被伙伴们拉扯着，蒂娜的视线也在旋转，当她重新转向小教堂的方向时，市长已经不在那儿了。她松开伙伴们的手，追了上去。

"喂，你去哪儿？"伙伴们叫道。

蒂娜冲出墓园，却不小心撞上了花儿小姐的花台。花瓣漫天飞舞，宛若纷扬的雪花，洒落在她身上。

"对不起！"蒂娜说。

"别担心，它们的生命力可顽强了，很快就会再长出来。"花儿小姐安慰她道，"我十六岁那年，胸脯突然变得很大很大，就像一个凸出的阳台，——一个光秃秃的、没什么用处的阳台。所以我决定在上面种一些花儿，从那时候起，它们就一直陪伴着我。我很高兴能做一名花匠。"

"这是份很棒的工作。"

"谁说不是呢。花儿有许多用途，可以送给恋人，送给朋友，送给医院里的病人，可以庆祝小宝宝的出生，也可以为离去之人送行。每一个节日，包括那些祭奠先辈、缅怀故人的日子，都离不开花儿。"

蒂娜突然觉得后颈一阵刺痒。没错，就是她！菲利普口中那位迎接新生、送别逝者的女子，就是这位花儿小姐！或许，她能从花儿小姐这里打听到一些有用的情报。

"能问您一个问题吗？您有没有见过市长先生？"

"当然。"花儿小姐回答，"他刚刚才来过这儿，每年骄傲节，他都会来这儿演讲。"

"可这儿没有观众呀。"

"怎么会呢？逝者们就是观众啊。这是为逝者所做的演讲，当然不需要生者参加。"

"他不会害羞吗？"

"不会，因为他看不见他们。"

蒂娜一时语塞，花儿小姐却露出了笑容。她总是笑意盈盈，就像她胸前的那些花儿一样，充满朝气。

"那您知道他去哪儿了吗？"

花儿小姐点点头。

"我想他应该是去叫睡不醒起床了，毕竟今天是骄傲节。"

"谢谢！您能告诉我……"

"嗨，你在干吗？"雀斑男孩的声音忽然响起。他身后跟着一串小尾巴，他们都是来找蒂娜的。

"你们能带我去睡不醒家吗？"蒂娜问道。

第六章

　　蒂娜和伙伴们摁响了门铃，却没人应门。他们试着扭动门把手，门竟然打开了。

　　屋里很暗，窗户全都关得严严实实，空气闻起来闷闷的。睡不醒并没有起床，看样子市长还在赶来的路上。好极了，他们可以在这儿守株待兔，等着市长自投罗网，然后把他带回给气球夫人。到那时，蒂娜会把信还给他，让他亲口读出来。一切都会重回正轨，今年的骄傲节也不会再有任何遗憾。

　　他们循着呼噜声，来到了卧室。睡不醒正躺在床上，被子随着他的呼吸一起一伏。蒂娜踮起脚，走过去拍了拍他的肩膀，睡不醒猛地惊醒过来。

"谁呀！"

"睡不醒先生，我是蒂娜。我们正在寻找市长。"

"你看见他了吗？"

"没有。"

"我也没有。而且我不是睡不醒。"

神秘人掀开被子，坐了起来。

"他不是睡不醒。"其他孩子证实了他的话。

"那你是谁？"蒂娜问。

"汉克。"

"一位流浪汉。"雀斑男孩适时地补充。

"他为什么会在这儿？"蒂娜丈二和尚——摸不着头脑。床上的流浪汉伸了个懒腰。

"这儿的流浪汉都在睡不醒家睡觉。"声音沙哑的女孩解释道，"睡不醒总是站着睡觉，在哪儿都能睡着，他根本用不上床。"

"睡不醒总在打瞌睡，"雀斑男孩说，"醒着的时候很少很少，他居然能学会说话，真是个奇迹。"

"所以每天晚上，附近的流浪汉都会轮流来这儿睡觉。睡不醒把床让给了他们。这件事市长也知道。"声音沙哑的女孩继续说道。

"顺序表就贴在冰箱上。"汉克打量着蒂娜，"要是你想，可以去瞧瞧。不过现在恐怕已经没有空位了。怎么，你也无家可归、没床睡觉吗？"

"现在轮到我了，快让我也睡一会儿！"雀斑男孩跃跃欲试。

"别捣乱！"声音沙哑的女孩呵斥道。终于有人站出来，让这个吵闹的家伙老实一点儿了。

"有的，我有家！"蒂娜回答，"但现在我不想睡觉。"

"可我想睡觉。晚安。"汉克重新躺了下来，他拍拍枕头，把脑袋放了上去。

"你不去参加骄傲节庆典吗？"剪着莴苣头的女孩问。

"不，再过三小时我就得起床，把床让给下一个人了。别打扰我睡觉，我的时间可是很宝贵的。"

蒂娜转向她的伙伴："你们知道睡不醒不在这儿睡觉？"

"当然。"雀斑男孩回答。

"那为什么还带我来这儿？"

"是你自己说的呀，让我们带你来睡不醒家，你又没说要找他本人。"

"要是你想找他，"汉克一边说，一边打了个哈欠，"可以去地里看看。他应该是去那儿喂鸡和兔子，然后睡着了。"

"鸡和兔子？"蒂娜瞪大了眼睛。

　　"睡不醒很喜欢小动物。"汉克话音刚落，便打起了呼噜。

　　他们在稻田里找到了睡不醒。母鸡们正扑腾着翅膀，试图飞上他的肩头，可惜它们根本蹦不了多高，很快又跌回了地上；兔子们一边抖着鼻子，一边啃着睡不醒的鞋底儿。至于睡不醒本人，就像一个杵在田里的稻草人。不过他并没有戴草帽，而是穿着有吊裤带的深蓝色长裤。

　　睡懒觉的人捉不到鱼，每次蒂娜赖床，爸爸都会这么说。可她又不是渔夫，睡不醒也不是。再说了，鱼儿们也要睡觉，早上七点它们都还在被窝里呢，可不想被人打搅。如果没有那些捉鱼的家伙捣蛋，鱼儿们一定会一直躺在安静的水底打盹儿，懒洋洋地盯着蓝色的天花板，偶尔眨眨眼睛，再摆摆尾巴。

"我们可以朝他扔鸡蛋！"雀斑男孩灵机一动，他立刻开始捡起了鸡蛋，母鸡们吓得四散开去。

"说什么呢？绝对不行！"蒂娜责备道，可大伙儿已经捡来了许多鸡蛋，纷纷瞄准了睡不醒，"快住手！"

"为什么不行？"

"因为他正在睡觉，这样会吵醒他的。"

"醒了不是正好吗？他就可以参加骄傲节庆典了。"声音沙哑的女孩说。

"还可以帮我们寻宝。"莴苣头女孩说。

"可这样太危险了。有句话不是说过吗，别随便叫醒睡着的狗！"蒂娜说。

"可他根本不是狗哇！"雀斑男孩反驳，他一扬手，一颗鸡蛋飞了出去。

其他人也不甘落后。四颗鸡蛋一前一后，砸向

睡不醒，却被闭着眼睛的睡不醒一一拦下，挨个儿抛向空中，耍起了杂技。又一颗鸡蛋飞了过去，睡不醒再次将它接住，起起落落的鸡蛋登时变作了五个。接着是第六颗鸡蛋，不出意外，它也成了睡不醒表演的道具。六颗鸡蛋被依次抛起，又一一落回正呼呼大睡的睡不醒手中。他就像一个提线木偶，动作有条不紊，干净利落。蒂娜也忍不住扔了一颗鸡蛋，不料却掉在地上摔了个粉碎。睡不醒被这声脆响惊得睁开了眼睛。

"对不起，我没练习过怎么扔鸡蛋。"蒂娜忙不迭地道歉。

"对不起，是我没来得及接住。"睡不醒慢吞吞地回答。他慢吞吞地弯下腰，把鸡蛋放进了柳条筐里，然后慢吞吞地迈开了脚步。

"请等一下！"蒂娜叫住了他，"我们正在寻找市长。"

"不对，我们正在寻找菲利普的头绪。"喜欢印第安人发型的男孩纠正。

"噢，是寻宝游戏呀。"一脸迷糊的睡不醒终于彻底清醒了过来。

"你会帮我们的，对吧？"声音沙哑的女孩恳求道，那楚楚可怜的声调让人根本无法拒绝。

"我可以告诉你们一条线索，是一个我刚做的梦。你们想听吗？"

"当然！"孩子们叽叽喳喳地催促，"快告诉我们，你梦到了什么？"

睡不醒简直不敢相信自己的耳朵。从来没人愿意听他讲述他的梦，生活中有那么多新鲜事儿，为什么要听那些无聊的梦呢？可睡不醒一直在做梦，他整天生活在梦里。除了梦，他再没有别的话题。

于是，睡不醒启唇念道：

一只蜂鸟，在一座座城市间穿行，

每一秒钟，它都会扇动一百下翅膀，

它是世上的速度之星，平衡冠军。

它飞呀飞呀，

一会儿向前，一会儿后退，

每当它感到疲惫，都会停下歇息，

它像是静止在空中，可双翅却一刻不停。

一天，它来到了暴君统治的小城，

城里的百姓苦不堪言，

因为这位暴君，每天都会颁布一项法令：

他不许奶牛哞哞叫，

不许小狗汪汪吠，

不许蜂鸟倒着飞。

可蜂鸟毫不畏惧，

依旧倒着飞行，

它鲜艳的绿毛衣，

引来了警官的注意，

警官立刻把这只明知故犯的蜂鸟关进了牢里。

城里的一切都躲不过暴君的法令，

只有电话亭幸运地逃过一劫，

它们无一例外，都装满清水，

一条条金鱼在里面游来游去。

一位没有朋友的男孩，

不论天晴，还是下雨，

每天都会骑车路过这些电话亭，

他喜欢上了一条金鱼，

于是找来鱼竿，又用洋甘草做成鱼饵，

将那条金鱼钓起。

他把金鱼放进自行车的篮子里，

当然，那里面也装着满当当的水，

太阳落下，复又升起，

在人们惊诧的目光中，

男孩蹬着自行车，

和新朋友一块儿散心，

有了金鱼的陪伴，

他终于不再孤单。

这天，暴君又颁布了一项法令，

若想填饱肚皮，

猴子们必须去餐厅上班，

系着雪白干净的围裙，

为客人端茶送水。

餐厅人山人海，

大家都想一睹猴子工作时的风采。

只有动物保护协会站了出来：

"猴子们每天只能工作两个小时，"

他们高举喇叭，冲着警官呐喊，

"剩下的时间，它们要用来休息，

看书，玩耍，吃冰激凌，

做一切想做的事情。"

警官把这些话告诉了暴君，

暴君大发雷霆，

可市民们却站在猴子这边，

举起了反抗暴君的大旗，

战火席卷城邦，暴君落荒而逃，

蜂鸟重获自由，终于离开了监牢。

老鼠被选为新的领袖，

在激烈的战斗中，

它曾扛起奄奄一息的大象，

救它于水火。

老鼠的当选，意义非比寻常，

不论在当时，

还是许多许多年后……

说到这里，睡不醒突然沉入了梦乡，他一动不动，嘴唇半张。

孩子们蹑手蹑脚地离开了。下一个目的地在哪儿，蒂娜毫无头绪。或许，她可以再向睡不醒扔几颗鸡蛋，这样他就会醒来。可鸡蛋全在睡不醒手中的篮子里，未经允许就把它们拿走，实在有些失礼。那些鸡蛋很可能是睡不醒的晚餐。对了，晚餐！现在已经快到饭点，她竟然还在外头闲逛。

蒂娜迈开双腿，追赶离去的伙伴。他们已经穿过街道，再度飞奔起来，把她远远甩在了后头。或许，她根本就不是队伍里的一员，毕竟他们从来没有邀请过她，是她自己一厢情愿，加入了进来。当初，她就该独自去找市长，完成任务，然后回家。天快黑了，这个时候她本该在厨房里，帮着妈妈布置餐桌。还有作业，她也没有写完，明天她要怎么向老师交代？妈妈肯定会气得够呛，不肯帮她在情况说明上签字。唉，这回她可闯了大祸。

就在这时，汉克从睡不醒家里走了出来，他的睡觉时间已经到了。

"你要去哪儿？"蒂娜问。

"车站。"汉克回答，"我在五号站台开设了晚间瑜伽课。要一起去吗？"

"谢谢你的邀请，可是我得去找市长。"

"再过一会儿电影就要开始了。"

"什么电影？"

"星星的电影。"

"蒂娜！蒂娜！"

蒂娜抬头望向天空。是吉安娜，她头朝下地悬浮在空中，正随着风儿缓缓移动。她的手里拿着一副望远镜。

"嗨，吉安娜！你能下来吗？"

"马上。"

她现在就要坐热气球回家，什么市长，什么寻宝游戏，都再和她没有关系。她还有更重要的事要做。比方说：挑选晚餐的餐具；检查每一把叉子，确保叉齿间没有食物残渣；检查每一把餐刀，确保它们已经清洗干净；检查每一把汤匙，确保它们光洁锃亮。还有杯子，上面不能有任何水渍，餐巾也必须摆放对称，绝不能一边短一边长。她还得把面包切成均匀的小片，要是切厚了或者切薄了，她会把面包重新放回纸袋，每次妈妈瞧见，都会皱着眉头嘟囔："这么放着，面包会变干的。"蒂娜还有很多事要做，可不能继续待在这里浪费时间，去找什么头绪，什么市长，而且她也没有报名参加寻宝游戏，更没人请她帮忙寻找这些东西。话说回来，谁会请她这个小不点儿帮忙呢？

吉安娜精准地降落在她身边。

"你在这儿干什么呢？"

"我在和汉克聊天。"蒂娜指了指汉克的方向，

却发现他早已不见踪影。或许，他正赶时间去上瑜伽课呢。

"和谁？"

"没什么。"蒂娜赶紧换了个话题，"你呢，来这儿做什么？"

"我在找市长的信，我把它弄丢了。"吉安娜沮丧地回答。

蒂娜的脸唰地白了。她要如何开口，告诉吉安娜，那封信正躺在她的口袋里？她要如何告诉吉安娜，是因为她想立刻把信还给市长，这才偷偷拿走了它？不行，她还不能回家，她必须找到市长。做任何事都不能半途而废，蒂娜默默告诫自己。

"但现在我得赶回广场，电影快开始了。"吉安娜说。

"星星的电影？"

"没错，上来吧。"气球夫人伸出手臂，掌心向上，十指交叉。

蒂娜坐上了这把特别的椅子，她们越飞越高，划过被晚霞染红的天空。阳光越发刺眼，蒂娜不得不眯起眼睛，当她再度睁开眼时，夜色已经弥漫开来。

第七章

广场上摆放着五十排座椅，每排二十个座位。

大荧幕黑黢黢的，还未亮起。观众们正鱼贯入场，为了替晚到的亲朋好友占座，有人解开了颈间的丝巾，有人摘下了头顶的棒球帽，放在身旁的空位上。

舞台旁搭着一个长长的展台，上面陈列着数不清的木雕和大理石雕塑——准确点儿说，是数不清的暖气片，要么小巧玲珑，要么硕大无朋，全都不是正常暖气片该有的尺寸。一位先生正抱着它们，吭哧吭哧地啃个不停，那凿子般锃亮、一直延伸到下巴的尖牙，让他根本无法合拢嘴巴。

吉安娜向那位雕刻家走去："好漂亮的雕塑，您真是妙齿生花。"

"谢谢。"雕刻家一边回答，一边用布擦了擦牙齿。他的额头上布满亮晶晶的汗滴，"今晚可真热呀，都没法儿专心工作了。"

"我去帮你把贾寱叫来？"

"帮大忙了，谢谢你，吉安娜。"

吉安娜刚离开，雕刻家又忙活了起来。他正在雕刻一个圆锥形暖气片，尖尖的锥角冲着天空，好不威风。

"您是不是还准备雕上一些管道？"蒂娜忍不住问道。

"管道？我可不会雕那种玩意儿，你把我当成什么人了，水管工吗？"

"对不起。我只是觉得，没有管道，这些暖气片就没法取暖了。"

"为什么非得取暖呢？"

"不取暖的话，那用它们来干什么呢？"

"这是艺术，艺术从不为任何东西服务。这就是艺术的魅力所在。"

"蒂娜，别打扰斯泰因·刻刀先生工作，他可是当今最伟大的雕刻家。"吉安娜回来了，见蒂娜缠着刻刀先生问东问西，忙开口说道。

"我只是有些好奇，所以想弄明白。"

"弄明白，弄明白，人人都想弄明白艺术。为什么非得弄明白呢？"雕刻家皱起眉头，牙齿却一刻不停，大理石屑溅了他一头一脸。

"阿嚏！"吉安娜身边的人打了一个喷嚏。他的脸颊红扑扑的，双眼蒙着一层泪花儿，手里捏着沾满鼻涕的纸团。虽然现在已经快到夏天，他的脑袋上仍缠着一条羊毛头巾，衣兜里更是塞满了用过的纸巾。

"阿嚏阿嚏阿嚏！"他冲着刻刀先生，接连打了好几个喷嚏。

"谢谢！"刻刀先生说，"这样就凉快多了。"

他在感谢别人送给他铺天盖地的细菌？如果可以，蒂娜真恨不得躲到天边去：这位贲霆，打喷嚏的时候竟然冲着别人的脸！

"阿嚏！我真是受够这慢性鼻炎了。鼻窦发炎，我头痛得要命。阿嚏！阿嚏阿嚏阿嚏！很高兴能帮上您的忙，大师。"

这里的居民可真不讲究，蒂娜正准备向他们好好科普一番卫生常识，却被吉安娜抢先一步："贲霆可是我们这儿最棒的降温喷雾器。天这么热，还好有他在。"

说完，她便拽着蒂娜离开了。吉安娜总是这么风风火火，她根本没法在一个地方安静地待上几分钟。要是爸爸在，肯定会对她说："慢点儿，心急吃不了热豆腐。"

她们登上了舞台。舞台右侧摆着一架三角钢琴，也不知是什么时候放到那儿的。也有可能它一直就在那儿，只是蒂娜没有注意到而已。

一位女士坐在钢琴前，她有一头瀑布般黑亮的长发，不过最惹眼的还得数她那对招风耳。那是蒂娜见过的最大的招风耳，比脑袋还大，甚至有两颗脑袋那么大。这么大的耳朵一定很沉，那位女士的脑袋看起来摇摇欲坠，似乎

随时可能从脖子上滚落下来。不过，或许也正因为这对酷似大象的巨耳，她的脑袋和脖子才能保持完美的平衡。

对了，大象！睡不醒的梦里不就有大象吗？这就是线索！长着象耳的女士，很可能知道市长在哪儿。就像不久前撞上花儿小姐胸脯时那样，蒂娜的后颈一阵刺痒。这一定是某种预兆——接近真相的预兆。

"晚上好哇，阿梅迪亚。"吉安娜说。

阿梅迪亚却一言不发。

"再过几分钟就开始了。"吉安娜继续说道。

阿梅迪亚缓缓眨动了一下睫毛。

"蒂娜，"吉安娜转过身来，"这位是阿梅迪亚。一会儿她将为我们演奏一首特别的曲子。邀请她来可不容易，她一直在纽约、孟买、莫斯科和北京的各大剧院巡回演出。阿梅迪亚拥有绝对乐感，她三岁半开始弹钢琴，九岁时创作了第一首曲子，她的天赋让老师们惊叹不已。自那以后，阿梅迪亚勤学苦练，很快成了著名钢琴演奏家。她的音乐感动了无数观众，就连教皇在听了她的演奏之后，也哽咽落泪，称赞说：'这美妙的音乐，宛若神迹降临。'对不对，阿梅迪亚？"

阿梅迪亚露出一抹浅浅的微笑。

"很高兴认识您。"蒂娜对阿梅迪亚说道。接着她压低嗓门，询问一旁的吉安娜，"她也很害羞吗？"

"谁知道呢。她是哑巴，不会说话。"

蒂娜的心瞬间跌进了谷底。

"不会说话，我要怎么问她市长的事儿呢？"

"问她做什么？她怎么可能知道市长在哪儿？连我都找不到市长，难道你能找着？"

蒂娜哑口无言。她要怎么顺着这条线索找下去呢？又或许大象并不是线索？这场寻宝游戏真是困难重重，没有规则，没有连贯的线索，根本无从下手。

就在蒂娜一筹莫展之际，吉安娜已经拿起了话筒："女士们，先生们，今晚我们非常荣幸地邀请到了世界著名钢琴家阿梅迪亚女士，她为这一年一度的盛典创作了一首曲子，名为《星星的歌谣》，欣赏完她的演奏后，我们将为大家播放电影《通向星星之路》。"

会场鸦雀无声，阿梅迪亚那双拥有绝对乐感的耳朵轻轻扇动，好似迎风招展的旗帜。她望着观众席，双手抚过琴键，音符如同涓涓细流，从她的指尖淌出。

观众们闭上眼睛，沉浸在优美的乐曲中。

这是一首生命之歌。里面有动物的鸣啼声，人类的低语声，狂风的呼啸声，雨水的滴答声，海浪的沙沙声，汽车喇叭的嘟嘟声，工厂马达的隆隆声，山间风儿的萧萧声，湖中微波的潺潺声，锅中热汤的汩汩声，姜吉挥舞剪刀的咔咔声，布雷佐利诺肚皮的咕咕声，刻刀先生的尖牙与大理石碰撞的碰碰声，花儿小姐心头花朵绽放的簌簌声，逝者几不可闻的呢喃声，孩童清脆响亮的欢笑声，流浪汉此起彼伏的呼噜声，睡不醒平稳绵长的呼吸声，贾寠震耳欲聋的阿嚏声，吉安娜臀部晃动的窸窣声，市长啃咬指甲的嘎吱声，还有……还有一个被大家称作完美小姐的女孩的咚咚的心跳声。

每个人都在这首曲子里，随着音符欢快地起舞。蒂娜环顾四周，打量着周围的人们。和曲中的他们不同，吉安娜难得地安静了下来，贾寠也不再阿嚏个没完，刻刀先生更是停下了手头的工作，就连睡不醒也睁开了双眼，或许正是这悦耳的曲调将他唤醒，他站在台下，和姜吉、布雷佐利诺，还有孩子们一道聆听着演奏。大家一动不动，屏息凝神，属于他们的生命之音在阿梅迪亚的指下回响。这美妙的音乐，宛若神迹降临。

一曲终了，阿梅迪亚走到台前，深深鞠躬，她的头发垂落到地上，双耳好似一对合拢的翅膀。观众们热泪盈眶，奋力鼓掌，雷鸣般的掌声响彻会场，整整二十分钟都未曾停息。

人们利用电影开场前的休息时间，从流动售货车上买来炸薯条和冷饮。阿梅迪亚坐回钢琴前，菲利普把一根根电线接进了她的耳中。

"准备好了吗？有信号吗？"

阿梅迪亚轻轻点了点下巴。

"好的，关灯吧。"菲利普推推眼镜，说道。

人们回到各自的座位，嘴里嚼着热乎乎的爆米花。

大荧幕亮了起来，却并没有画面出现。一阵古怪的嗡嗡声蔓延开来。随着时间的推移，声音变得越发连贯清晰。是说话声，交谈声。不过他们使用的却是蒂娜不曾听过的语言。

"吉安娜，那是谁在说话？"蒂娜悄声问道。

"星星。"

"星星才不会说话。"

"星星当然会说话。阿梅迪亚能听到它们的声音。她的耳朵就像卫星天线，不仅能接收卫星信号，还能听到星星们的对话。"

"可荧幕上一丝光也没有。"

"因为离我们最近的星星都在几十万亿公里外，它们的光芒要抵达地球，得花上至少四年时间，在此期间，星星很可能已经爆炸死去。"

"所以，我们看到的其实是死去的星星？"

"当我们在夜空中看见它们时，它们或许已经死去，但现在我们是在屏幕上看见的，它们还活得好好的呢。还要过好些年，它们的光芒才会抵达地球。"

"知道它们注定会死去，我们还在下面偷听它们说话，一点儿也不替它们感到难过……"

"可在死去之前，它们依然拥有大把时光呀，就和地球上的我们一样。"

这番对话让蒂娜有些伤感，可她并不想让吉安娜瞧出端倪，于是身为完美小姐的她一板一眼地纠正："没有画面，只有声音，这可不能叫电影。"

"错了错了，这是先锋派作品，介于新式科学纪录片和没有'电影'的电影之间。"

"什么？我怎么听不明白。"

"不必听明白，只用好好欣赏就行。"

"你的话可真难懂。"

"放轻松，蒂娜。来吧，许一个愿望，你会发现，星星一点儿也不难懂。"

第八章

寻宝游戏结束了，没有任何人胜出。市长依旧下落不明，头绪仍然不知所终。吉安娜还在寻找那封信，她不停地念叨：市长写得一手好文章，不能和大伙儿一起欣赏，真是遗憾非常。

"都怪我，"她喃喃自语，"我到底是什么时候把它弄丢的？"

蒂娜不敢向吉安娜坦白，是她拿走了那封信。她闯的祸已经够多了，放了同学们鸽子不说，又没有按时回家吃饭，爸爸妈妈现在一定脸色铁青。唉，晚餐。她的肚皮已经开始大声抗议了。

"吉安娜,你能送我回去吗?"

"现在?开什么玩笑?我得赶去湖边筹备篝火晚会。寻宝游戏已经搞砸了,你可别再来添乱。可恶的市长,每次都给我留下一堆烂摊子,让我替他擦屁股。等今天过了,我要好好和他算算这笔账。"

蒂娜很想告诉她,寻宝游戏之所以会搞砸,是因为缺乏有序的组织:首先,需要把参赛者分成一支支队伍。其次,需要向参赛者提供清晰明确的线索,而不是菲利普和睡不醒那些让人摸不着头脑的故事。可蒂娜并没有把这些话说出口,吉安娜已经够沮丧了,她不能在别人的伤口上撒盐,于是她安慰道:"但演奏会很成功啊,大家看电影的时候也很专注。"

吉安娜露出一丝笑容。

"我当然知道。我每天都在和这儿的居民打交道，没人比我更清楚他们喜欢什么。蒙戈飞纳热气球有限责任公司，可是这一带最有名气的文旅公司。要同时邀请到这么多国际知名艺术家，可不是人人都能办到的。"

只一眨眼的时间，吉安娜就重新振作了起来。

"我饿了。"蒂娜摸了摸空空如也的肚皮。

"等焰儿小姐点上火，咱们就能开饭了。"

"焰儿小姐是谁？"

"慕斯小姐的孪生妹妹。"

"慕斯小姐又是谁？"

"焰儿小姐的孪生姐姐。快点，我们得想办法让她们吵起来。"

"为什么要让她们吵起来？"

"因为我们都饿了，可不只有你的肚子在咕咕乱叫。"

人们聚集在湖边，有的盘腿而坐，有的躺在防水布上，还有的一边拨弄吉他，一边引吭高歌。

菲利普和贲霆正用橄榄树枝搭着火堆。一个依旧心心念念着没能找回的头绪，另一个不停打着喷嚏，入夜后的空气太过凉爽，挠得他的鼻腔直痒痒。菲利普忍不住出声提醒："稍微控制一下，贲霆，这儿已经够潮湿了。"

焰儿小姐和慕斯小姐手拉着手，款款走进大家的视线。蒂娜之所以能猜出她们的身份，是因为她俩刚一现身，吉安娜便兴奋地嘀咕道："目标出现，准备发起进攻。"

焰儿小姐是位个子高挑的漂亮姑娘，有着古铜色的肌肤和一双乌溜溜的杏眼，一头柔顺的鬈发垂至肩膀。与她相比，慕斯小姐的肤色更加白皙，眼角下垂，头发火红。她们就像一个模子里刻出来的：同样的眉毛，同样的下巴，就连指甲的形状都一模一样。每当她们露齿微笑，都会向一侧俏皮地偏头，

拂动头发的时候，都会抬起右手。任谁都能瞧出，她们是一对双胞胎姐妹。

"晚上好哇，姑娘们。"吉安娜迎向她们，热情地招呼。

"晚上好哇，亲爱的。"姐妹俩肩并着肩，齐声回答。

"嘿，别动，你这儿好像有什么东西。"慕斯小姐从焰儿小姐颊边捻起一根睫毛。

看着慕斯小姐捏在食指和拇指间的睫毛，焰儿小姐催促道："快，许一个愿望！"

"这是你的睫毛，该由你来许愿。"

"可我想送给你一个愿望。"

"好吧，那我来好了。"慕斯小姐一脸期待地闭上眼睛。很快，她又重新睁开了双眼："好了，这回轮到你了：上面还是下面？"

"下面。"焰儿小姐不假思索地回答。

慕斯小姐松开手指，睫毛真的粘在大拇指肚上。

"是下面！"她又惊又喜。

"太棒了！愿望一定会实现！"焰儿小姐兴高采烈地说道。

这对姐妹，看起来相处融洽：吉安娜要怎么做，才能让两人翻脸吵架？不，不对，问题应该是：为什么非得让她们吵架呢？

"姑娘们，你们怎么来得这么晚？别误会，我没有别的意思，就是怕焰儿小姐不开心而已。"

"此话怎讲，吉安娜？"

"你不知道吗？慕斯小姐说你是个暴脾气，像根火柴似的一擦就着，一点儿芝麻小事都能让你大发雷霆。慕斯小姐还说，每次泡澡，你都会'怒发冲冠，火冒三丈'，我怕你不喜欢今天的湖边晚会，怕你生气，所以才这么问。"

"她真这么说？"焰儿小姐松开慕斯小姐的手，

握紧了拳头。

吉安娜露出计谋得逞的微笑："是的，她真这么说。"

谁承想，焰儿小姐的反应完全出乎她的意料。

"我很抱歉。"焰儿小姐望着慕斯小姐的眼睛，轻声说道，"你说得对，我的确是个暴脾气，这个问题我们已经聊过许多次了，我保证，今后一定努力改正。"

慕斯小姐握住她的手，柔声安慰："当然，我相信你一定能改掉这个毛病。我们去那边唱歌吧。"

她们迈开步子，准备加入正在湖边弹奏吉他、开怀畅饮的人群。吉安娜不肯放弃，继续在一旁煽风点火："唱歌，那可不适合你，慕斯小姐！焰儿小姐说你五音不全，有一回她在我面前模仿你唱歌，把下巴都给弄脱臼了！"

慕斯小姐停住了脚步："她真这么说？"

"是的。她还说，因为你唱歌总是走调，所以每次都特别激动，唾沫星子就像泡沫一样四处乱飞。"说完，吉安娜爆发出一阵夸张的笑声。

蒂娜恨不得捂住脸，假装一个透明人。可最终她只是抬起手，挠了挠鼻尖。

慕斯小姐盯着焰儿小姐，双唇紧抿。焰儿小姐捧住了她的脸颊："相信我，我说过要教你唱歌，一定说到做到。别苦着张脸，我们去好好放松一下，你听，那边那群家伙不也像乌鸦一样呱呱乱叫嘛，他们也没比你好多少哇。"

慕斯小姐放松下来："你说得对，妹妹。"

姐妹俩头也不回地离开了，她们手挽着手，一路上欢声笑语，其乐融融。

吉安娜瞠目结舌：计划竟然失败了？！她的目光落在菲利普拖着的黑色口袋上，久久没有移开。

"现在怎么办，这些东西还有用吗？"菲利普问，他摘下眼镜，揉了揉眼睛。可吉安娜目光呆滞，毫无反应。

一旁的蒂娜却暗自高兴，还好吉安娜的"阴谋"没能得逞。她追上那对孪生姐妹，在她们身边坐了下来。蒂娜很喜欢这对姐妹花，她也想和大家一块儿放声歌唱。可她并不是什么唱歌高手，蒂娜从来不做没有把握的事，所以尽管她现在很想唱歌，也依旧紧闭着嘴唇。做那些不擅长的事儿——蒂娜默默想道——会引发灾难性的后果，就像她接受邀请去打排球那样。要是她发球没有失误，应该早就回家填饱了肚子，而不是像现在这样坐在湖边，饿得头晕眼花。人是铁、饭是钢，一顿不吃饿得慌，要想身体好，三餐不能少。这也是她在《焦点少年》——一本杂志上学到的知识。不过话说回来，要是她发球没有失误，她也不会下河，不会认识气球夫人吉安娜，姜吉也不会抚摸她的脑袋，布雷佐利诺更不会喷出一股股热气，为她做向日葵发型了。一想到那位理发店伙计，蒂娜忍不住笑出了声。

"喂，你一个人在那儿傻笑什么呢？"蒂娜从思绪中回过神儿来，原来是吉他手在和她说话，"你为什么不和大伙儿一起唱？"

入夜后的气温凉爽宜人，蒂娜的手心却又一次沁出了汗水。这可是今天第三次了！

"因为……因为我在想别的事儿。"这是蒂娜第一时间想到的答案。

"哦？什么事儿？"吉他手来了兴趣。

"我在想……"蒂娜绞尽脑汁，试图说些什么，可她的舌头根本不听使唤，就连月光也变得刺眼起来，"在想——"月亮越来越大，照得周围宛若白昼。

"在想什么？"吉他手不依不饶地追问。

"在想——"蒂娜盯着银白色的湖水，结结巴巴地说道，"在想水和太阳，究竟哪个更重要。"

"在我们唱歌的时候？想这种问题？"一个嘴唇、鼻子和脸颊上都戴着圆环的女生惊讶地反问。

"是的，不可以吗？"蒂娜厚着脸皮回答。或许这个借口的确有些蹩脚。

"当然是太阳了，"慕斯小姐说，"太阳比水更重要。"

"为什么呢？"焰儿小姐问。

"这还用说吗？因为太阳能够散发光芒。你不会不知道阳光对我们有多重要吧？其他星球上可没有这样的奢侈品。"

"道理是这样没错，可是没有水，生命根本不会萌芽。"

"亲爱的，正是阳光让水处于液态。还好地球靠近太阳，不然根本不会有水。"

"没有水，植物根本无法生长，这个道理不用我来告诉你吧？"焰儿小姐据理力争。

"那光合作用呢，你要怎么解释？"慕斯小姐寸步不让。

"人体大部分由水构成，你听说过人体哪部分是由太阳构成的吗？显然，水更加重要。"焰儿小姐斩钉截铁地说道。

"大聪明，再告诉你一件事好了：五百万年后，当太阳停止散发光芒，你孩子的孩子的孩子的孩子的孩子，可就要完蛋了。"

"管好你自己的孩子，少来操心我的孩子。"

"我偏不！他们可是我的外甥外甥女，只要我乐意，我想什么时候管，就什么时候管！"慕斯小姐针锋相对。

"不行！要是我不同意，你就不能管！他们是我的孩子，我说了才算！"

"小气鬼！提醒你一句，脑袋长在我肩上，我想怎么想，就怎么想！我想管你的孩子，就管你的孩子！"

"咸吃萝卜淡操心，狗拿耗子多管闲事！"

"有本事你就钻进我的脑袋，不让我管哪。"慕斯小姐露出一抹嘲讽的笑容，她伸出食指，卷起一绺头发。

"我真是受够你了！"焰儿小姐咆哮着站了起来。

"怎么，准备夹着尾巴逃跑了？你承认我是对的了？"

听到这句话，气急败坏的焰儿小姐猛地停住了脚步。她转过头，狠狠瞪着自己的孪生姐姐，因为太过用力，鞋底都陷进了沙里。她就这么站在那儿，咬着牙，怒目圆睁，直到头发触电般的竖立起来。

"啪"，清脆的爆裂声后，竖起的头发又再度落回了肩上，与此同时，她的脚踝处蹿起了一股火苗。

天哪，瞧瞧自己都干了什么好事！蒂娜惊恐交加——都怪她，怪她不会唱歌，怪她不会得体地回绝别人的邀请，怪她信口胡诌出这么一个没人知道答案的问题。

火苗越蹿越高，周围的人赶紧跳到了一旁。吉安娜喜上眉梢，她后退几步，催促菲利普把黑色口袋拿过来。贾霆小心翼翼地走上前，将一截树枝凑到焰儿小姐跟前。树枝很快被点燃，贾霆把它扔进了柴堆，篝火熊熊燃烧，散发出温暖的光芒。

"你真是永远也改不掉这臭脾气！"慕斯小姐吼道，"总有一天我会被你折腾得疯掉！"

这句话就像一勺兜头浇下的热油，"哧啦"，焰儿小姐身上的火苗跳得更欢了。

菲利普从黑色口袋里掏出一根根玉米，在篝火旁烧烤起来。香味充斥鼻腔，惹得众人直咽口水。

反观一旁的焰儿小姐，鞋子已经烧成了黑乎乎的焦炭。

"我早晚会被你气出病来，早晚！"慕斯小姐仍在不住叫嚷，雪白的泡沫好似雨点，从她嘴里不断喷出，"你就待在那儿吧，我才懒得管你！"泡沫越积越多，不多时便淌过了她的胸膛，沾满了她的头发，她快跑几步，一头扎进了湖里。或许她是想让自己冷静下来——吓呆的蒂娜这样宽慰自己。

这对姐妹花的反应真叫人害怕，可大伙儿却好像没事人一样，围坐到篝火旁，啃起了玉米，一边吃，一边拨弄吉他。孩子们不哭不闹，淡定非常，看来他们已经见惯了这对姐妹争吵的场面。

水花四溅，湖中的慕斯小姐奋力游动，每次摆臂，都会搅起一股白沫，湖水很快变得浑浊，泛起珍珠般的泡泡。而岸上的焰儿小姐仍在呼啦啦地燃烧。

慕斯小姐很快用光了力气，她喘着粗气，仰面朝天，直挺挺地漂浮在水上。

"尝尝看！"吉安娜递给蒂娜一根烤玉米，"你可是咱们的大功臣。"

"都怪我，她们才会吵起来。"蒂娜沮丧地垂下头，向日葵花瓣合拢起来，遮住了她的脸蛋。现在她哪还有什么胃口。

"别傻了，这和你可没关系！那对姐妹总在吵架，我们只是替她俩点燃导火线而已。说实话，今年我已经想不出新招儿了。唉，点子就是这样，用一个少一个。"

"可我不想她们吵架，争论水和太阳哪个更重要有什么意义呢？这太滑稽了。"

"要是觉得滑稽，那就大声笑出来吧。每个人看待问题的角度都不相同，一千个人有一千种答案，所以我们才总是处在争执之中。不过那对姐妹不一样，她们天生如此，总喜欢和对方唱反调，一个说向东，一个偏向西。"

"可是再这样下去，焰儿小姐会烧焦的。怎么办，我又闯了大祸。"

"别担心，蒂娜，焰儿小姐的火焰不会烫伤自己。"

漂浮在水面的慕斯小姐盯着天空，或许她正数着天上的星星，或许她正在猜测星星们用那神秘的语言说了些什么，又或许她什么也没想，只是太累太累，懒得动弹而已。

"嗨，焰儿！快来我这儿，把身上的火灭了！"她忽然大声叫道，"这儿的景色真的好美！"

焰儿小姐一动不动，就像黑夜里一支燃烧的火把。

"别耍性子，快来！"慕斯小姐催促道。

焰儿小姐猛地扑向地面，在沙地上打起滚儿来，她就这么翻着火焰筋斗，滚哪滚哪，滚进了湖里。慕斯小姐掬起一捧水，朝她泼去，却被焰儿小姐一把推开。失去平衡的慕斯小姐抓住了焰儿小姐的肩膀，姐妹俩一齐栽进了水中，等到她们重新浮出水面，两人已经和好如初，哈哈大笑起来。

雀斑男孩率先脱掉衣服，一路疾奔，纵身入水。喜欢印第安人发型的男孩紧随其后。声音沙哑的女孩和莴苣头女孩手拉着手，准备来一场双人跳水秀。这些家伙，究竟是从哪儿冒出来的？刚才蒂娜可没在人群中瞧见他们。

人们纷纷脱去衣裳，跳进热气腾腾的湖里泡澡。蒂娜看到了墓园里那位牙齿掉光的老奶奶，她坐在湖边，呼吸着夜晚清新的空气，她身旁的贾霍一边吸气呼气，一边擤着鼻涕。一位蓄着山羊胡的先生正往手臂上涂抹白色的泥浆。花儿小姐也和大家一起，享受着美美的泡泡浴，她面带微笑，胸前的花儿从水底下探出头来，好似一朵朵婀娜绽放的睡莲。

"愣着干什么？快下去呀！"

蒂娜吓了一跳，原来是姜吉。他穿着一件绿泳衣，胸前的肋骨根根分明。

"下去的话，我的向日葵发型会打湿的。"

"脑袋就是用来消耗香波，用来跳水的。发型没了，再做一个就好。来吧，快跳！"

姜吉抱起蒂娜，跳进了水里。

第九章

夜色渐深，有人钻进睡袋席地而眠，有人去了睡不醒家，准备在那里借宿一晚。而睡不醒本人正站在岸边呼呼大睡，他就像一块人形立牌，提醒人们大地从此处变为了湖水；还有人，包括蒂娜，依旧泡在齐腰深的水里，兴致勃勃地聊天。

"夜里泡个澡，青春永不老。谢谢，蒂娜，这可多亏了你。"贾恚一边说，一边打了个响亮的喷嚏，可怜的蒂娜，被迫洗了把口水脸。看来夜晚的空气并没能让他的鼻炎好转。

蒂娜没有抬手去擦，反正她全身上下都已经湿透了。真是难以置信，这些她原本避之不及的事，竟让她感到无比快活。现在她已经不在乎什么病毒细菌，什么卫生常识，她的心在胸膛里剧烈地跳动。

慕斯小姐和焰儿小姐上了岸，她们换好衣裳，准备搭车去迪斯科舞厅跳舞放松。

"你从哪儿来？"布雷佐利诺问道。湖水一直没到他的脖子，他身后的湖面就像沸腾的开水，"咕噜咕噜"直冒泡。好在臭气都淹没在了水下，大伙儿也不再需要用夹子夹住鼻孔。

"瀑布的那一边。"蒂娜回答。

"我还纵①没去过那边呢。"刻刀先生遗憾地叹息，长及下巴的尖牙让他很难发出"c"这个音，"你呢，阿梅迪亚？"

———————————————

① 此为刻刀先生口音，他本想说"从"，但因为发音问题，变成了"纵"。

阿梅迪亚摇摇头，她也没有去过。海藻般的长发包裹着她的身体，她的两只耳朵就像两座喷泉，不断往外喷着水，叮咚，叮咚，叮叮咚，水珠敲打着湖面，好似琴弦上跳动的音符。

　　"你在那边忙什么呢？"刻刀先生好奇地追问。

　　"上学。"蒂娜说。

　　"那你今天为什么来这儿？因为骄傲节吗？"雀斑男孩问，他依然生龙活虎，而那位声音沙哑的女孩早已投入了梦的怀抱。

　　"不是，因为我弄丢了排球。"

　　"我弄丢了讲话的头绪，到现在也没找着。"菲利普蔫头耷脑地开口，他的眼镜上蒙着一层水雾。

　　"我弄丢了市长，相比起你俩，这个更加严重。"吉安娜不慌不忙地说道，她那巨大的臀部活像一张水上气垫，而她正惬意地坐在上面。

　　"市长的信在我这里。"蒂娜终于道出了实情。

"什么？"吉安娜皱起了眉头。

"要是你愿意的话，可以读一读……"

"为什么刚才不把它给我？"吉安娜怒气冲冲地反问，湖面漾起一圈圈波纹。

"马上给你。"蒂娜在口袋里摸索一阵，掏出了那封信。信已经变成了湿答答、黏糊糊的纸团，随时都可能化成纸浆——真糟糕，跳进水里时，她忘记脱掉衣服了。

"这要我怎么读？"吉安娜双眉倒竖。蒂娜涨红了脸，羞得无地自容。

"不用读了，"黑暗中，一个声音突然说道，"信的内容都在我脑子里呢。"

黑乎乎的人影越走越近，月光照亮了他的脸庞。

"市长先生！"吉安娜猛地站了起来，水上气垫又变回了圆滚滚的热气球，"您终于肯出来了！您到底躲哪儿去啦？"

市长愧疚地低下头："非常抱歉。"

随后，他从夹克内侧掏出了什么东西。

"有谁认得它吗？"

天太黑了，这么远的距离根本瞧不清楚。市长脱掉鞋子，走向湖边，大伙儿也纷纷朝他靠拢，睡着的人——除了睡不醒——都惊醒过来，那些离开的人将错过一出好戏，不过也不用惋惜，明天，在场的人会把发生的事一五一十地讲给他们听。

"现在能看见了吗？"

"是我的头绪！"菲利普欣喜若狂。

"看来是市长赢得了比赛！"吉安娜宣布。

"不对！"雀斑男孩不服气地跳脚，"是我！获胜的人应该是我！"

市长双脚踩进水里，在岸边坐了下来："我尽量长话短说。"

于是，他开始了迟到的演讲：

它可以是羊毛，可以是棉花，

是你缝纽扣时必不可少的材料，

它的材质五花八门，形状细细长长，

可以是金丝银线，

可以是一串珍珠，一条细流，

一丝空气，一缕微风，

一根铁丝，一束阳光，

一抹声音，一线希望。

它可以笔直绵延，可以碎成小段，

可以是脑中闪过的光芒，

可以是拒人千里的铁网。

它是清洁牙缝的工具，

是制作棉花糖的糖丝。

它是锋，是刃，

总是闪烁着寒芒，

它可以被系成活结，

可以是他人追寻的芳踪。

它纤细结实，既短又长，

它平平无奇，

并不是什么惹人注目的物什，

可它却重要无比。

若是不慎将它遗失，

演讲中的你会像只无头的苍蝇；

若是失去它的指引，

你会原地打转，找不着方向；

若是没了它的包裹，

电流将把你灼伤。

千钧一发，

命悬一线，

九死一生，

各种成语里，

也不乏它的影子。

而我们是一条条隐形的线，

看似各自独立，毫不相干，

但不论你相信与否，

这条线的两端却联系着万事万物。①

掌声雷动，市长低头致谢，他站起身，将头绪还给了菲利普。

市长是这场寻宝游戏的获胜者，可吉安娜并没有为他颁奖，而是握了握他的手，说道："真是首好诗，看在它的分儿上，明天我再和您算账。"

夜色就像奶油雪糕上的巧克力外衣，渐渐融化，

---

① 市长的演讲是一首谜语诗，谜底为意大利语单词"filo"，词义有：1.思路，头绪；2.线；3.（金属等）丝，线，线状物；4.条，缕；5.刃，锋；6.一点，少许等。

天空泛起漂亮的樱桃红，蒂娜朝着市长走去，市长正站在人群中心，聆听市民们的各种建议。有人提议确立遛金鱼日，只需要在水缸下面装几个轮子，再配上一根牵引绳，就能带着鱼儿外出散步。狗狗可以出门撒尿，金鱼却总被关在同一个地方，这实在有失公允。有人提议成立有线广播电台，从早上

八点
到晚上十二点，
为大伙儿播放音乐，
并定期召开市民大会，征集
全体市民喜爱的音乐节目。还有学
生希望学校食堂为他们的假想朋友提供
伙食，他们可不忍心看到自己的好
友饿肚子。市长把这些建议一一记
录在了笔记本上，并向大家保证，将在市议会上进
行讨论。

终于，轮到蒂娜开口了，她的要求很简单："我
得赶紧回家，爸爸妈妈正等着我呢。能请您让吉安
娜送我回去吗？"

市长摸了摸她的脑袋："你的向日葵头去哪
儿啦？"

"水把它弄没了。"

"挺好的，蒂娜。那些花瓣总是挡住你的脸，你应该像现在这样，把它大大方方地露出来。"

"您怎么知道我剪了向日葵头？"

"你一整天都跟在我后面，我当然注意到了。知道吗？正因为一直看着你，我才明白了这个道理：我们应该把脸朝向太阳。"

"可是太阳已经下山了。"

"你说得对，我浪费了太多时间，现在已经很晚了。"

"我也在外面待了太久。"

"我这就去找吉安娜，请她送你回家。"

"谢谢您，市长先生。"

"是我应该感谢你，感谢你一直跟着我。"

其实连蒂娜自己也说不清，为什么她会如此执着地寻找市长。或许是责任心在作怪，她可见不得别人逃避自己的责任。但或许是出于别的原因。或许是因为和其他人一起乱哄哄地寻宝，让她乐在其中。没错，正是如此。而且现在看来，市长也不是一个逃避责任的人：他认真听取了每个人的建议。

蒂娜决定考验考验他。

"您真的会让学校为假想朋友们准备食物吗？"

"当然了，我很抱歉，之前没能考虑到这一点，

孩子们说得对，我们应该为他们的朋友提供伙食。"市长吐出一小瓣儿指甲，若有所思地说道，"要是他们总把饭菜分给朋友，就没法摄入足够的营养，没法健康成长。"

"只靠发型疗法可不够，对不对？"

市长笑了起来，无声地表示了赞同。

"可在我的学校，他们不会这么做。"

"真的吗？"

"在我住的地方，花儿不是免费的，必须掏钱才能买到；不能在公共场合释放臭气，就算偷偷放了，大家也会假装是别人干的；孩子们只能和妈妈一起去成人理发店剪头发，那些理发师只会剪丑丑的刘海儿；更没有人相信星星会说话。"

市长瞪着蒂娜，好久好久都没作声，他眉头紧皱，神色古怪，像是在生气，又像是在难过，最终，他爆发出一阵惊天动地的大笑。他笑得那么畅快，吸引了所有人的目光。

"这可真是……真是我听过的最好笑的笑话！"市长捧着肚子，笑弯了腰。

"怎么啦？"吉安娜凑了过来，"有什么笑话，也让我听听。"

"你快来听听，真是太好笑了！"

市长一边笑，一边断断续续地复述蒂娜刚才的话，他笑得实在太厉害，说出的字根本没法串联成完整的句子，可吉安娜和其他人还是跟着哈哈大笑起来，或许笑本身就会传染。笑声一阵盖过一阵，在人群间涌动。老实说，蒂娜并不觉得这有什么好笑，可大伙儿却将她团团围住，不停地催促："快点快点，再讲一个！"

蒂娜分外认真地描述起瀑布那边的生活，人们笑得直不起腰，笑得猛拍大腿，笑得眼里喷出了泪花儿，响亮的笑声甚至吵醒了一旁酣眠的睡不醒。

大伙儿夸张的反应惹得蒂娜也笑出了声，她笑哇笑哇，笑得肚子都痛了起来。她字斟句酌，生怕漏掉任何一个细节，却还是逗乐了在场的所有人。看来，完美也并非不能和有趣联系在一起。又或许是因为大家觉得她一板一眼的模样分外滑稽，就好

像她觉得他们笑得非常滑稽一样。站在笑声的中心，以并不完美的形象示人，真真是头一次，只不过这一次蒂娜的手心没有沁出汗水。相反，她快乐无比。在此之前，还从没有人因她发出这般会心的笑声。这是她第一次和他人一起大笑，也是她第一次为自

己而笑。

消失的胃口又回来了，篝火旁还剩下许多烤好的玉米，蒂娜走过去拿起了一根。其他人纷纷效仿，他们也有些饿了，要保持一整夜的清醒，可是件相当耗费体力的事儿。

大伙儿捧着玉米，津津有味地啃了起来。玉米虽然凉了，却依旧可口。甜丝丝的玉米粒就像那即将到来的黎明，让人的心底涌起一股蜜意。蒂娜环顾左右，大家看起来平静而满足，就连雀斑男孩也收起了嗓门儿，安安静静地坐在一旁。蒂娜忽然起了捉弄他的心思，她用舌尖卷起一粒玉米，趁雀斑男孩不注意，朝他用力啐了过去。玉米粒好似出膛的子弹，击中雀斑男孩的肩膀，调皮地弹了回来。

"命中目标！"蒂娜得意扬扬。

"喂，偷袭算什么好汉！"雀斑男孩不服气地嚷嚷。他脸上的雀斑争先恐后地冲上鼻尖，它们都很好奇雀斑男孩会做何反应，而这可是看热闹的最佳位置。雀斑男孩猛啃了一口玉米，噗噗噗噗——四颗子弹急速飞出，每一颗都精准击中了蒂娜的脑袋。

"命中并摧毁目标！"雀斑男孩眉飞色舞。

是可忍孰不可忍，蒂娜腾地起身，紧紧盯着不远处的对手。雀斑们害怕地挤作一团。

"玉米大战开始！"

蒂娜一声令下，就像一杆突突扫射的机枪，向周围喷射出密密麻麻的玉米子弹，市长和吉安娜挨了好几下"枪子儿"，那位声音沙哑的女孩也没能幸免，她终于从睡梦中惊醒了过来。下一秒，所有人——包括睡不醒——都抓起了玉米，大口啃咬，噘着嘴巴向四周发射子弹。每次有人命中目标，都会得意地大笑；每次有人被子弹击中，都会笑着讨饶；每次有子弹落空，都会引来阵阵嘲笑。大伙儿笑呀笑呀，用光了力气，软绵绵地瘫倒在沙地上。直到这时他们才发现，天边的太阳已经探出了脑袋。

不完美王国的市民们揉着眼睛，互道早安，一个接着一个离开了湖边。他们已经等不及赶回家去，钻进被窝，好好补上一觉。

"谢谢你，疯狂的小脑袋，我们玩得很开心。"姜吉对蒂娜说道。

蒂娜回以他一个拥抱："谢谢你们，是你们让我度过了愉快的一天。"接着她奔向布雷佐利诺，紧紧抱住了他："对不起，我不该口不择言，说那是臭气，当时我实在太紧张了。"

"下次你再来的时候，"布雷佐利诺微笑着提议，"我给你做一个玉米头，怎么样？"

"给我做，给我做！我才是玉米大战的冠军！"雀斑男孩不满地抗议。随后，他挠挠头，朝蒂娜伸出了手，"我叫马里奥，很高兴认识你。"

那位声音沙哑的女孩也做了自我介绍，她叫劳拉。孩子们排着队，轮流报上了自己的名字。直到这时蒂娜才反应过来，她一直没有询问他们的名字。还好他们最后告诉了她：朋友总是直呼对方名字的，而她现在无比肯定，他们已经成了朋友。

市长扶着蒂娜，让她稳稳抓住吉安娜的手，气球夫人正在缓缓升空。

"一定要常回来看看。"

蒂娜保证，她一定会再回来看望大家。她的双脚离开了地面，吉安娜带着她飞了起来。她们越飞越高，市长、姜吉、布雷佐利诺、菲利普、花儿小姐、睡不醒、刻刀先生、贾霆、阿梅迪亚、马里奥、劳拉，还有其他小孩的脑袋，变成了一粒粒小小的圆点，就像不完美王国脸蛋上的雀斑。

天空中的紫色渐渐褪去，淡淡的蓝色弥漫开来，阳光照在背上，暖洋洋的。她们飞过瀑布，沿着小河前行，终于抵达了蒂娜居住的城市。蒂娜看到了那片和同学们一块儿打球的操场。

她的爸爸妈妈正站在河边：妈妈双手掩面，爸爸抱着她的肩膀。他们身边围着好多人，有消防员和警察，有年迈的市长，还有蒂娜的同班同学和同学们的爸爸妈妈。他们身后停着警车、消防车和各式各样的小汽车。

"妈妈！"蒂娜呼唤着下方的妈妈。

妈妈抬起头，却没能找到声音的来源。

"爸爸！我在这儿呢！"

这一回，所有人都仰起了头，他们终于看见了她，看见她悬挂在一个名叫吉安娜的热气球上——虽然这位气球夫人脾气暴躁，做起工作却尽职尽责。

"蒂娜！你怎么会在那儿？"妈妈尖叫，也不知是为了让她听清，还是因为生气。

"我摔到瀑布底下去了！"蒂娜回答。

"快下来！"爸爸也跟着吼道，"那上面很危险！"

"危险？"吉安娜就像被点燃的炮仗，一下炸了锅，"蒙戈飞纳热气球有限责任公司，可是这一带首屈一指的运输公司！"

"别生气，"蒂娜赶紧安慰她道，"他们一定是急昏了头。你能放我下去吗？"

吉安娜开始缓缓下降，当蒂娜的双脚掠过妈妈的头顶时，妈妈突然抓住了她的腿，这一拉，险些让吉安娜失去平衡。

"别捣乱，女士！"吉安娜吓了一跳，她本能地向上一蹿，妈妈就这样拽着蒂娜的腿，跟着她们飞了起来。发现自己离开了地面，妈妈惊恐地大叫："救命啊，快拉我下来！"

"喂，快把我的老婆、女儿放下来！"爸爸急得就像热锅上的蚂蚁，他不管三七二十一，一把扯住了妻子的腿，因为用力过大，一只鞋子掉了下来。

"你怎么总是帮倒忙！那可是我最喜欢的高跟鞋！"妈妈又踢又叫，气得直嚷嚷。

"你们要去哪儿？那到底是什么东西？快，呼叫支援，呼叫支援！"一位警官一边下达指令，一边抓住了爸爸的小腿。

一旁的警员拿起对讲机，请求指挥部火速增派警力。

"我也想飞！"斜地里忽然蹦出一个男孩，挂在了那位警官的脚踝上。

"嗨，快回来！"一位消防员立刻抱住了他的腰，想把他拽下来，却不料事与愿违，吉安娜越飞越高，他也跟着离开了地面。

"放开我的儿子！"男孩的妈妈揪住了消防员的裤腿。

"嚯，以为这样就能难倒我啦？"吉安娜兴致勃勃地说道，"行呀，那就来一场环湖旅行吧！"

　　"太棒了！出发！"蒂娜兴冲冲地回答。

　　"说什么傻话！快放我们下去！"

　　"别怕，妈妈！相信我，你会喜欢的！"

　　蒂娜笑得合不拢嘴：抓着气球夫人的手，随风而行的感觉可真棒。要是能亲自体验一番，妈妈一定也会改变看法。

　　"什么？免费旅行？算我一个！"一位女士眼疾手快，抓住了正在半空晃荡的双腿，另一位老爷爷拽住了她的腿，露琪亚抱住了老爷爷的腿——她的巨臀在气球夫人面前可真是相形见绌——一位戴着帽子的先生抓住了露琪亚的腿，接着是三年级 B 班的全体同学，很快，在场所有人都搭上了这趟环湖旅行的空中列车。年迈的市长认为自己有责任确保市民们的安全，也跟了上来。

"出发！"吉安娜乐呵呵地宣布。她一个冲刺，登时飞得更高了。

　　太阳就像餐巾上渐渐洇开的水迹，越来越大，越来越大，金灿灿的阳光洒满大地，照亮了蒂娜的城市，照亮了小河，照亮了瀑布，照亮了远处的不完美王国，那一串由脑袋、手臂和双腿组成的列车，在风中轻轻摇摆，将湛蓝的天空分成了两半。